U0540282

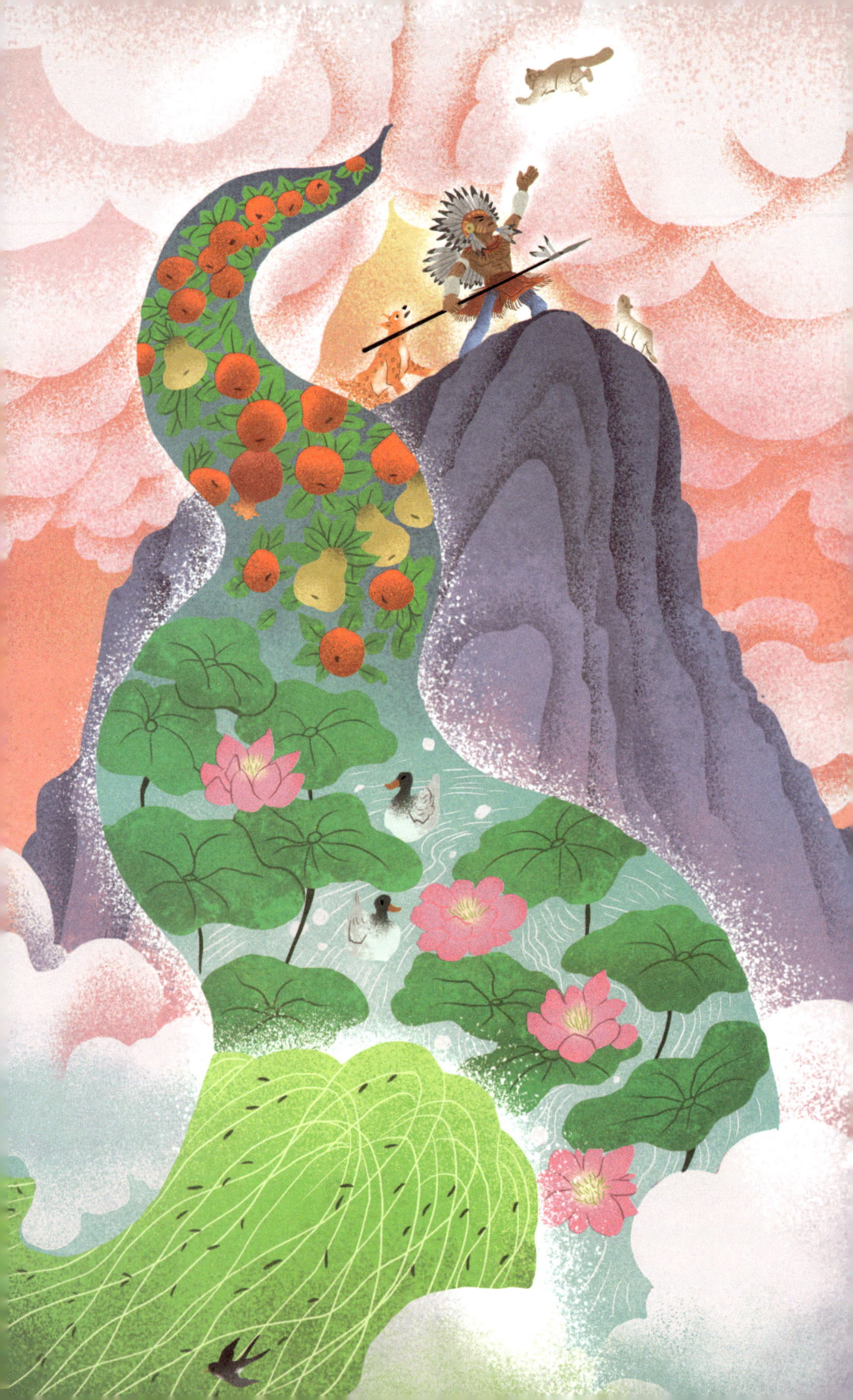

# 美洲神话故事

[美]威廉·特罗布里奇·拉尼德 / 著

万圭 / 译

图书在版编目（CIP）数据

美洲神话故事 /（美）威廉·特罗布里奇·拉尼德著；万聿译. -- 武汉：长江文艺出版社，2024.6
ISBN 978-7-5702-3646-6

Ⅰ. ①美… Ⅱ. ①威… ②万… Ⅲ. ①神话－作品集－美洲 Ⅳ. ①I707.3

中国国家版本馆 CIP 数据核字(2024)第 104530 号

美洲神话故事
MEIZHOU SHENHUA GUSHI

| 责任编辑：马菱莤 | 责任校对：毛季慧 |
| --- | --- |
| 封面设计：陈希璇 | 责任印制：邱 莉　胡丽平 |

出版： 长江出版传媒　长江文艺出版社
地址：武汉市雄楚大街 268 号　　　邮编：430070
发行：长江文艺出版社
http://www.cjlap.com
印刷：武汉珞珈山学苑印刷有限公司

| 开本：640 毫米×970 毫米　1/16 | 印张：7 | 插页：4 页 |
| --- | --- | --- |
| 版次：2024 年 6 月第 1 版 | 2024 年 6 月第 1 次印刷 | |
| 字数：45 千字 | | |

定价：24.00 元

版权所有，盗版必究（举报电话：027—87679308　87679310）
（图书出现印装问题，本社负责调换）

# 目 录

**001** 讲故事的亚古爷爷

**004** 辛格比捉弄北风

**014** 云间的孩子们

**024** 夜星之子

**041** 捕太阳的男孩

**052** 夏天是怎么来的

**067** "蚱蜢"

**088** 巫师米什奥沙

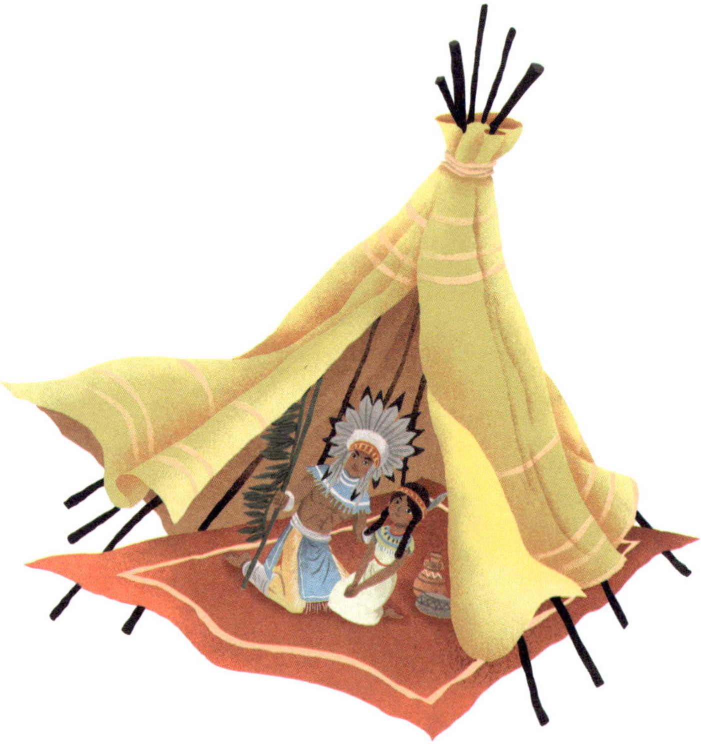

## 讲故事的亚古爷爷

从没有人像亚古爷爷那样聪明博学,也从没有一个印第安人像他那样见多识广。他知道森林与田野的秘密,听得懂鸟兽的语言。他一生都在野外生活,有时游荡在野鹿栖息的森林里,有时划着他那桦树皮做成的独木舟渡过一片片湖泊。

除了那些他自己学来的知识之外,亚古还知道许多神话故事与神奇的传说。这些故事是他从祖父那儿听来的,祖父又是从曾祖父那儿听来的,一代传给一代。这些故事可以追溯到很久很久以前,那时这个世界稚嫩又奇妙,那时世间万物几乎都有魔力。

孩子们最喜欢亚古。只有亚古最知道哪里能找到五彩斑斓的漂亮贝壳来做成项链送给女孩们；也只有亚古最会教她们去哪里才能找到合适的草叶，好让她们用灵活的手指编成草篮。他会给男孩们做弓和箭。弓是用白蜡木做的，怎么折也不会断；箭则是用强韧的橡树枝做的，笔直又结实。

但最重要的是，亚古用故事俘获了孩子们的心。旅鸫的红胸脯是从哪儿来的？为什么印第安人摩擦两根树枝就能生火，那火是怎么进去木头里的？为什么郊狼比其他动物都要聪明，它奔跑时又为什么总要回头呢？这些，亚古爷爷都会告诉你答案。

好了，冬天正是讲故事的季节。地上积起了厚厚的雪，北风离开他在冰之国的家呼啸而来，寒冻的天空洒下冷冷的月光，这种时候印第安人总聚在棚屋内。亚古坐在熊熊燃烧的火堆边，男孩和女孩则围坐在他身边。

"呜！呜！"北风呼啸着，火星跳跃起来，亚古往火堆里又添了一根柴。"呜！呜！"这北风是多么调皮的老家伙，我们几乎能看见他——他飘逸的头发上挂满了冰柱。如果棚屋不那么坚固，可能就要被他吹倒了；要是火堆不那么明亮，也可能要被他吹灭了。但这棚屋正是为应对这种时候而搭建的，这附近的森林里也有取之不尽的木柴。所以北风只能咬牙切齿地叫着："呜！呜！"

有一个小女孩胆子比其他人小，她挨近亚古爷爷，扶上他的手臂。"噢，亚古，"她说，"你听呀！你觉得他会伤害我们吗？"

"别怕！"亚古回答道，"如果你勇敢又乐观，北风就伤害不了你。虽然他大声咆哮，气势汹汹，但他心底里其实是个胆小鬼，屋里的火光很快就会把他吓跑啦！接下来我就讲个关于吓跑北风的故事吧。"

现在，我们把亚古讲的这个故事说给你听，这是一个关于辛格比如何捉弄北风的故事。

## 辛格比捉弄北风

很久很久以前，世界上还没有很多人。那时，北方有一个渔民部落。在那里，只有夏天才能捕到肥美的鱼；再往北去就是一片天寒地冻，没人能熬过那里酷寒的冬季。因为这个冰之国的国王是一个凶老头，他被印第安人称为"卡比昂欧卡"——就是印第安语中"北风"的意思。

虽然冰之国位于世界之巅，领土绵延数千里，但是北风仍不满足。假如能由他肆意妄为，世界上将不再有草原，不再有绿树；世界将一年四季雪白无垠，所有河流都将封冻成冰，所有国家都将被冰雪覆盖。

所幸他的力量是有限的。尽管他法力强大又凶猛狂暴，却也无法与南风沙文达斯匹敌。南风的家乡在向日葵的国度，他居住的地方永远是夏日。当他吹拂过大地，林中会开出紫罗兰，枯黄的草原会绽放野玫瑰，鸽子会"咕咕"地歌唱着求偶。是他令蜜瓜与紫葡萄成长，是他温暖的吐息催熟了地里的玉米，让森林重披绿衣，让大地欢畅美丽。之后，随着夏日在北方变得越来越短暂，南风便爬上一座山顶，将他的大烟斗装满，然后坐在那儿，打着盹，抽着烟。他就这样坐着抽了好几个小时，烟气升腾起来，在空中化作一阵轻雾，直到山川湖泊如同仙境。没有一丝风，没有一片云，天地间徒留平和与寂静。这是世上无与伦比的美妙时刻，这就是印第安夏①。

而此时，北地的渔民们正争分夺秒地撒网捕鱼，因为他们知道南风不久就要入睡，坏脾气的老北风将向他们袭来、将他们赶走。果然

---

① 常见于加拿大与美国地区的一种特别的天气现象，指深秋时节、冬季来临前的回暖。

不出所料，一天早晨，他们发现平时撒网的水面上结起了一层薄薄的冰，树皮屋顶上落满了厚厚的霜，在太阳下闪着光。

这明显是个警告。冰结得更厚了，雪也下得更大，纷纷如鹅毛般飘落。郊狼披着蓬松的白袄子走过。他们甚至能听见远方传来北风的喃喃低语和呜咽。

"北风要来了！"渔民们叫道，"北风马上就刮到这儿了，我们得走了！"

但"潜鸟"辛格比只是放声大笑。

辛格比总是在笑。捉到大鱼他笑，一无所获他也笑。没什么能浇灭他的劲头。

"现在也能钓鱼啊！"他对同伴们说道，"我在冰上凿个洞，放渔线下去钓，不用渔网。我才不怕老北风卡比昂欧卡呢！"

同伴们惊奇地看着他。辛格比确实有某种神奇的能力，可以变身成一只鸭子。他们曾看他变过，这也是他后来被叫作"潜鸟"的原因。但即使有这能耐，他又怎么能斗过狂怒可怕的北风呢？

"你最好还是跟我们一起走吧。"他们说,"北风的力量比你强得多,在他的怒火之下,森林里最强壮的树木都会被吹倒;在他的触碰之下,最迅猛的河流也会结冰。除非你能变成熊,或者变成鱼,否则毫无胜算。"

辛格比却笑得更大声了。

"我从河狸老兄那儿借了毛皮大衣,在麝鼠老弟那儿借了毛绒手套,它们在白天可以为我御寒。"他说道,"我的棚屋里堆着一摞粗柴,北风要是够胆量,就靠近我的火堆试试。"

没办法,渔民们只能伤心地离开了,因为他们都很喜欢辛格比,他们觉得以后再也见不到他了。

他们走后,辛格比开始了自己的工作。首先他收集了大量的干树皮、树枝和松针,这样他晚上回到棚屋后就能燃起火堆。这时雪已经非常厚了,但雪的表面冻得很硬,太阳也无法将其融化,因此辛格比走在雪面上也不会陷下去。至于鱼嘛,他懂得怎样从凿开的冰洞里钓鱼。晚上他便拖着一长串鱼走回去,嘴里唱着

自己编的歌谣:

> 北风北风,老家伙,
> 看你可敢吓吓我?
> 纵你吵吵又嚷嚷,
> 和我凡人也没两样!

就这样,在一个傍晚,北风迈着沉重的步伐穿过雪原,找到了他。

"呜!呜!"北风号叫着,"多么不知天高地厚的两脚兽啊!大雁和灰鹭都已飞往南方,他竟敢还逗留在此?!让我们看看谁才是冰之国的主人。今晚我就要涌进他的棚屋,吹熄他的火堆,把灰烬吹得遍地都是。呜!呜!"

夜幕降临,辛格比坐在棚屋里,身边是燃烧的火堆。多么旺的火堆啊,每一根支撑的薪柴都如此粗壮,足以燃烧一个朔望月的时间。这就是印第安人计算时间的方式,他们没有时钟,也没有手表,他们不计算周数或月份,他们会说"一个朔望月"——就是从一个新月到另一个新月的时间。

辛格比正烤着一条鱼,是当天捉来的,一条新鲜肥美的鱼。在炭火上烤过的鱼鲜嫩可口,辛格比咂了咂嘴,高兴地搓着手。他今天跋涉了好几里路,能这样坐在熊熊燃烧的火堆边,让他的小腿烤烤火,是多么快乐的一件事啊!他想着,他的同伴们是多么傻啊,这里的鱼儿如此充足,他们居然在初冬就离开了。

"他们以为北风是什么不得了的魔法师,"他自言自语道,"以为没人能抵御他。要我说他就是一个普通人,像我一样。我可能确实没法像他那样能忍受寒冷,可他也没法像我一样耐得住热。"

这样想着,他便感到十分快乐,又放声大笑,然后唱起歌来:

> 北风北风,冰冰凉,
> 试试将我冻成霜?
> 纵你吹得喘吁吁,
> 我自安坐火堆旁。

他兴致正高，没注意到突如其来的一阵喧闹。雪下得更密更急了，落下来碎成粉末，吹打在棚屋上，在屋顶积成厚厚的一层。但雪没有让屋里更冷，反而像一匹厚毯子隔绝了外面的空气。

老北风卡比昂欧卡很快发现了自己的失误，这让他更加怒火中烧。他冲着屋子的排烟口吼叫着，他的声音是那么狂野可怖。普通人早就被吓倒了，但辛格比只是哈哈大笑。这片辽阔又沉默的国度太过安静了，他更享受这吵闹的时刻。

"吼！吼！"他大喊着回应，"你还好吗，卡比昂欧卡？别一不当心吹爆了自己的脸颊。"

一阵狂风袭来，把棚屋吹得一震。门前的水牛皮帘子不停地拍打着，拍打着，哗哗作响。

"进来呀，卡比昂欧卡！"辛格比欢快地叫道，"进来暖暖身子，外面肯定冷得刺骨吧。"

听着他嘲弄的话语，北风猛地吹向门帘，撞断了其中一根鹿皮带子，冲进屋里。啊，多么冰冷的气息——它在温暖的棚屋里一下变成了一团雾。

辛格比装作没看见，依然唱着歌。他站起身来，又添了一根粗壮的松木柴火。柴火烧得那样旺，热浪逼人，让辛格比不得不坐远一点。他用眼睛的余光看了一眼老北风卡比昂欧卡。这一眼又让他笑出声来——北风的额头上汗如雨下，纷飞的头发上的雪和冰凌迅速地消失了。正如孩子们堆的雪人在三月的暖阳里融化，狂暴的老北风也被消解了！千真万确，那可怕的北风，正在消解！他的鼻子和耳朵变小了，身体也开始缩小。再多在这儿待上一会儿，冰之国的王者就要化为一摊积水了。

"快到火堆边来！"辛格比故意说道，"你肯定冻僵了，再靠近一点，暖暖手脚吧！"

但北风穿门而去，灰溜溜地逃了，逃得比来时还快。

一出了门，冷空气令北风又活过来了，他又愤怒起来。可他没法冻住辛格比，只能将怒火发泄在沿路的所有东西上。他走过的雪变为坚冰；他呼号而过，脆弱的树枝纷纷折断。捕猎的狐狸匆匆赶回洞穴，游荡的郊狼也搜寻着最近的避风港。

北风又一次来到辛格比的棚屋，冲着排烟口吼道："出来！你要是够胆量，就出来，在雪里和我比试，我们来看看谁是这里的主宰！"

辛格比想了一会儿。"火堆肯定削弱了他，"他自言自语道，"我的身体是热乎的，肯定可以战胜他。到时候他就不会再来烦我，我可以想待到什么时候就待到什么时候。"

于是辛格比冲出了棚屋，北风也如约来到了他的面前。较量开始了。他们用胳膊紧紧缠住对方，在坚硬的雪地上打得滚来滚去。

就这样，他们缠斗了一整夜。狐狸从洞中爬了出来，远远地围坐成一圈，看这两人比试。辛格比一直在使劲儿，这让他热血沸腾，浑身暖乎乎的。辛格比能感受到北风的力量越来越微弱，他冰冷的吐息不再是狂风，只沦为一声虚弱的叹息。

最后，太阳东升，比试的两人各站一旁，

气喘吁吁。北风被征服了。他绝望地哀号一声，转头便跑得无影无踪。他远远地逃往北方，一直逃到白兔的国度。

　　就这样，在辛格比的放声大笑中，北风灰溜溜地逃走了。只要乐观和勇敢，就算是北风都可以战胜。

# 云间的孩子们

夜里，讲故事的亚古在他钟爱的老地方坐着，呆望着炉火的余烬。

这时候，孩子们不会过来问问题，或缠着他给他们讲故事。他们知道亚古正在心里默默回想着他听过的神奇故事，还有他见过的奇妙事物。燃烧的柴火和烧红的煤炭奇形怪状，成了只有他才看得懂的古怪图案。如果孩子们不去打扰他，也许要不了多久，他就会主动开始讲故事了。

然而，在一个特别的夜晚，孩子们耐心地等了又等，又交头接耳地说了一会儿悄悄话；亚古却仍呆坐在那儿，像一座石像。孩子们开始担心他是不是把他们给忘了，这样睡前就没有故事听了。最后，孩子们中最爱问问题的小晨曦终于想出了一个她从没问过的问题。

"亚古！"她刚开口，又顿了一顿，生怕冒犯了他。

听到她的声音，老人回过神来——他的灵魂像是漫游到了很久很久以前。

"怎么了，小晨曦？"

"亚古，你能告诉我们，这些山是一直都在这儿吗？"

老人严肃地看着她。无论问题多难，多出乎意料，亚古总会欣然回答。他从不会说"我很忙，别来烦我"，或是"等下次再说吧"。所以，当小晨曦问起这个不同寻常的问题时，他只点了点那苍老又智慧的脑袋，说："你知道吗？我也经常问自己这个问题——这些山是一直都在的吗？"他顿了顿，又一次望向炉火，仿佛只要盯得够久，答案就会浮现在火堆之中。最后他说道：

"是的，我认为这些山是一直在这儿的——

高山是，小山丘也是。它们就诞生于这个世界诞生之时——那是很久很久以前了，你们之前也听过这个世界是怎么诞生的。但唯独有一座高山，它并非从一开始就在这儿了——这座高山是像被施了魔法一样，瞬间拔地而起的。我给你们讲过巨岩的故事吗——它是怎样不断升高，升高，驮着男孩和女孩直冲云霄的？"

"没有，没有讲过！"孩子们异口同声地喊道，"这个你还没讲过，快讲给我们听听吧！"

这便是神奇巨岩的故事。老亚古是从他的祖父那里听来的，祖父又是从曾祖父那里听来的。而以曾祖父的年纪，他生活的时代估计也和故事发生的时候差不远了。

那时，所有动物与人类都相处融洽，郊狼还不是什么坏家伙，甚至美洲狮也会欢快地吼叫着和你打招呼。那时，在一座美丽的山谷里，住着一对少男少女。

这座山谷美丽怡人，世上从未有过如此惬意的乐园。它像一张绿意盎然、绵延数里的大地毯，每当风吹拂过茂盛的草丛，那场景就像海浪在翻滚。各色鲜花也盛开在这个美丽的山谷之中，莓果挂满树丛，夏日里到处都能听见鸟儿歌唱。

最美妙的一点是，在这里，没有什么会让你感到害怕。孩子们可以肆意漫游，欣赏艳丽的蝴蝶，与松鼠和兔子交朋友，或是跟随飞行的蜜蜂爬到藏有它蜂蜜的树上去。

至于与野生动物的相处之道，也与今天的大不相同。今天我们把那些可怜的小生命关在笼子里，或是用高高的篱笆圈养在狭小的地块上。而在那美丽的山谷里，动物们可以舒展它们的天性，无忧无虑地快乐奔跑。熊虽然块头大，又懒，但心地很善良；夏天吃浆果和蜂蜜过活，到了冬天便爬回岩洞中冬眠，直到春天来临。鹿不仅举止绅士，而且和绵羊一样温驯，它们经常会去两个孩子玩耍的那片草原吃草。

这两个孩子热爱所有的动物，动物们也喜欢他们。但他们最喜欢的还是大野兔和羚羊。大野兔有修长的四肢，耳朵几乎和骡子一样长。同体形的动物里，数它跳得最高。当然，它可跳不过羚羊——羚羊有着短短的犄角和纤细的四肢，跑起来像风一样快。

欢乐山谷之所以如此惬意怡人，还有另一个原因，那就是流过山谷的那条小河。动物们跋涉数里来这里喝清冽的河水，到了暑天，它们便在里面洗澡。有片浅浅的池塘似乎是专为两个孩子而造的。他们的好朋友河狸有着扁平如桨的尾巴，以及鸭子一样的蹼爪。在孩子们差不多刚学会走路的时候，河狸就教他们学游泳，温暖的午后在池中畅游是他们最大的乐趣之一。

仲夏里的一天，池水实在凉爽宜人，两个孩子就在池里待得比往常久了一些。到了上岸的时候，两人都很疲惫，并且也觉得有些冷了，于是便到处寻找能吹干身体和取暖的地方。

"我们爬到那块平坦的大石头上去，就是爬满青苔的那块。"小男孩说道，"我们从没上去过，肯定很有趣。"

于是小男孩爬上那几尺高的石头的一侧，接着把妹妹也拽了上去。他们躺下休息了一会儿，很快便不知不觉地睡着了。

谁也不知道到底是怎么回事，那块石头突然开始变高，变大。这可是千真万确的事，因为今天它已经是一座光秃秃的、高耸陡峭的大山，比山谷里其他的山都要高大。在孩子们熟睡的时候，它升啊升啊，一寸一寸，一尺一尺，等到第二天，它已经比最高的那些大树还要高了。

而这时候，孩子们的爸爸妈妈正在到处寻找他们，但哪都找不见，一点踪迹都没有。没人看见他们俩爬上那块石头；那两个孩子当时又过于兴奋，也完全没有发现那块石头发生了变化。夫妇俩走了很远的路，到处喊着："小羚羊，你看见我们家的哥儿姐儿了吗？小野兔，你肯定见过我们家的哥儿姐儿吧？"但动物们都没见过他们。

最后他们遇见了动物之中最聪明的郊狼，它正鼻孔朝天地在山谷里小跑。夫妇俩于是也问了它同样的问题。

"没见过，"郊狼说，"我很久没见他们了。

但我有鼻子可以闻，有脑子可以想，所以说不准我能帮帮你们。"

郊狼陪着夫妻俩沿着河岸一路小跑，很快来到了孩子们游泳的那个池塘。郊狼嗅了又嗅，跑来跑去，将鼻子贴在地上，接着径直跑向那块石头，将前爪搭上去，够到力所能及的最高处，又闻了闻。

"嗯呜！"他嘟囔道，"我不像鹰可以飞起来，也不像河狸会游泳；但我也不像熊那样蠢笨，不像野兔那样无知。我的鼻子从没有欺骗过我，你们的小儿子和小女儿肯定在这块石头上面。"

"但他们是怎么上去的呢？"夫妻俩惊讶地问道。因为那块岩石是那样高，顶部几乎直入云霄，根本看不见。

"这不是最重要的问题。"郊狼严肃地说。它不愿承认世上有它不知晓的事情，"这根本不算什么问题，谁都能问出来。最重要的问题应该是，我们怎么把他们弄下来？"

于是他们把动物们一齐召集了过来，问了

一圈。熊说:"假如我的双臂可以抱住这块石头,我就可以爬上去,但它太大了。"狐狸接着说:"如果它不是一座高山,是一个很深的地洞,我就能帮你了。"河狸说:"这地方要在水里,我很快就能游过去给你们瞧瞧。"

但这些话也帮不上什么忙。动物们决定试试能不能跳上去,除此之外似乎也没有其他更好的方法了。每只动物都跃跃欲试,最后它们决定让最小的动物最先尝试。于是,小老鼠先滑稽地跳了一跳,但只跳到一手掌的高度。小松鼠跳得比小老鼠高一点。野兔跳出了它平生的最高纪录,差点把背都给跳断了,但也没有够到。羚羊在空中完美一跃,最后倒是安全落地了,但也没能跳上去。最后是美洲狮,它往后退了很远的距离,找到一个适合的起跳点,然后朝着石头纵身一跃,笔直地弹跳起来——最后摔得四脚朝天。美洲狮是所有动物里跳得最高的,但高度依然差得很远。

大家都不知道接下来该怎么做了,似乎这两个孩子只能留在云间,永远沉睡下去。正在大家一筹莫展之际，突然间，大家听到一个细小的声音说："也许你们可以让我试试，我可以爬上那块石头。"大家惊讶地四下张望，想着究竟是谁在说话。开始大家谁也没看见，以为是郊狼在恶作剧。可郊狼也和大家一样惊讶。

"稍等，我马上赶来。"那个细小的声音再次响起。接着一条尺蠖从草丛中爬了出来——那是一条滑稽的小虫，只能一拱一拱、一寸一寸往前走。

"吼！吼！"美洲狮从它的喉咙底发出吼声。每当它的自尊受到冒犯，它就会这样说话。"你听过这么傲慢无礼的话吗？我这样的狮子都做不到的事，你一只可怜的小小爬虫要怎样做到？说来听听！"

"真是蠢透了。"野兔说，"这就是个蠢主意。我从没听过这么自大的话。"

然而，叽叽喳喳地一番吵闹后，大家也一致认为让尺蠖试试倒也没什么坏处。于是尺蠖慢慢悠悠地爬上岩石，不过几分钟就爬到了野兔之前跳到的高度，很快它又爬过了美洲狮跳到的位置。没过多久，它便爬到了大家看不见的高度。

尺蠖爬了足足一个月，日夜兼程，终于到达了神奇巨岩的顶上。它抵达之后，立刻叫醒了小男孩和小女孩。两个孩子见到自己现在的处境，都十分惊讶。接着，尺蠖领着孩子们顺着无人知晓的路径安全地爬了下来。可见，凭着耐心和毅力，弱小的生物能做到高大的熊和强壮的狮子无法做到的事。

这是很久以前的故事了，现在山谷里没有熊也没有狮子，也没人再想起它们。但人们都记得尺蠖，因为巨岩还在那儿。印第安人用尺蠖的名字为巨岩命名，叫作"图托克阿努拉"。对这种小家伙来说，"图托克阿努拉"这个名字好像显得名不副实，但想到它曾做过那样伟大而勇敢的事，这个名字却恰如其分。

## 夜星之子

从前,在吉奇古米湖①边住着一位猎人,他有十个年轻漂亮的女儿。她们乌黑靓丽的头发像乌鸦的羽翼一样漂亮;她们行走、奔跑时步伐优雅,如林间小鹿一般自由。

正因如此,有许多求婚者上门追求她们——这些英俊勇敢的年轻男人,如箭矢般挺拔,脚下生风,从一个日出走到另一个日出也不会疲倦。他们是草原的儿子、出色的骑手,即使没有马鞍和马镫,他们骑马的速度照样飞快。他们能用套索捉住野马,对着马儿的鼻孔

---

① 即苏必利尔湖。

吹吹气，便能奇迹般地驯服它。接着他们翻身上马，马儿便飞奔出去——像生来便是他们的坐骑一样。有些追求者远道而来，乘着独木舟渡过吉奇古米湖，他们沉默而有力地划着桨，推着独木舟像箭矢般迅速前进。

追求者们带来各式各样的礼物，希望博得这位父亲的欢心。有曾高飞到太阳边的雄鹰身上的羽毛，有狐狸与河狸的皮毛以及野牛的卷鬃，有琳琅满目的各色珠子和被印第安人当作钱币的贝壳串珠，还有豪猪的刚毛、灰熊的爪子、柔软得可以叠在手上的鹿皮……还有许多其他东西。

女儿们一个个被追求，成婚。最后，十个女儿中有九个都选好了自己的丈夫。一座座新帐篷支起来，湖边原来只有一座小屋，而现在帐篷多得都能组成一个小村落。这片土地物资丰饶，丰富的渔猎足够所有人过日子。

现在只有最小的女儿奥薇妮还没有出嫁。她是姐妹中最漂亮的那个，美丽温柔，又无比善良。奥薇妮不像姐姐们那样高傲又多话，她性格腼腆谦逊，很文静。她喜欢一个人在树林中漫步，静静思考，身边只有小鸟与松鼠作陪。对于她究竟在思考些什么，我们只能妄加揣测；但从她梦幻的双眼和甜美的表情中我们相信，她心中绝没有什么自私恶毒或仇恨的念头。不过，奥薇妮虽然为人谦虚，却很有自己的主见。不止一个追求者发现了这一点。许多骄傲自大的年轻小伙，自信满满地以为可以赢得她的芳心，结果都在奥薇妮的拒绝之下灰溜溜地走了。

　　事实上，想讨奥薇妮的欢心确实不太容易。无数追求者找上门来，他们个个年轻、英俊高大，甚至还有全天下最英俊最勇敢的小伙。然而少女却皱着眉头，拒绝了他们所有人。这个太高，那个太矮，这个太瘦，那个太胖——至少这是她为了赶走这些人说出的借口。她高傲的姐姐们对她没什么耐心，她这样挑剔像是在质疑她们的品位似的。对于奥薇妮来说，只要她肯点头，一定能找到比姐姐们的夫婿更有魅力的丈夫，但没人入得了她的眼。姐姐们无法理解她，于是便嘲笑她是个愚蠢而不可理喻的女孩。

父亲很宠爱奥薇妮,希望她能过得幸福,但他同样感到不解。"告诉我,女儿,"一天父亲问她,"你是不是不想结婚?向你求婚的都是全天下最英俊的男人,你却把他们全赶走了,借口也站不住脚。这是为什么呢?"

奥薇妮用她大大的黑眼睛看着他。

"爸爸,"她最后还是开了口,"我也不是故意的。但不知怎么的,我好像拥有一种能够洞穿人心的力量。一个人的心比他的脸更加重要。而我目前还没有找到一个真正拥有美丽心灵的男人。"

这之后不久,一件怪事发生了。一个名叫奥西奥的印第安人来到这个小村庄,他比奥薇妮年纪大许多,又丑又穷。奥薇妮却嫁给了他。

奥薇妮那九个高傲的姐姐顿时七嘴八舌,议论纷纷!"那个被宠坏了的小东西不会疯了吧?"她们问道。噢,好吧!她们之前也总觉得奥薇妮最后的下场会很悲惨,可现在这情况对于她们来说仍太难以接受了。

当然，姐姐们并不知道奥薇妮能洞穿人心，她一眼就看到了奥西奥慷慨的性格和他金子般的心，他丑陋的外表之下有着高贵的灵魂，以及诗人般的热烈与激情。这便是奥薇妮爱上他的原因。而当她知道奥西奥也渴望她的关注，她更加爱他了。

然而，奥薇妮不知道的是，奥西奥其实本是个漂亮的年轻人，只是因为中了诅咒才变成现在这副模样。他实际上是夜星①国国王的儿子。每当太阳西沉，那颗夜星就升到大地的边缘之上，在那西边的夜空中灿烂地闪烁着。晴朗无云的夜晚里，它常常悬挂在紫红色的暮光中，有如晶莹的宝石。它看起来那么近、那么亲切，让小孩忍不住想伸出手去，趁着它被夜色吞没之前一把捉住它，然后把它藏起来。大一点的孩子们则会说："这肯定是夜晚神灵走过天堂的花园时，衣袍上的一颗明珠。"

人们不知道那个贫穷又受人白眼的奥西奥

---

① 即太阳落山后出现于西方天空的金星。

居然是从那颗星星上下凡的。当他伸出胳膊指着那颗星，喃喃自语着无人听懂的话语时，人们只是一个劲儿地取笑他。

有一次，隔壁村落准备了一场盛大的宴席，奥薇妮的所有亲戚都受邀参加。他们出发的时候，奥薇妮的姐姐和她们的丈夫走在前头。他们对自己的容貌与华丽装束十分满意，叽叽喳喳如同麻雀一般。奥薇妮则沉默着，与奥西奥一同走在后面。

太阳落山了。在紫色的暮光中，大地的边缘之上，那颗夜星正闪闪发光。奥西奥停下脚步，又伸手指向那颗星，仿佛乞求着同情。但其他人看见他这副样子，都欢快地大笑、调侃，甚至说着一些过分的话。

"别看天啦！"奥薇妮的一个姐姐说道，"他还是低头看路吧，否则说不定会绊一跤，摔断脖子呢。"接着她又冲奥西奥嚷嚷："小心！这里有根大木头，你觉得你能爬上去吗？"

奥西奥并不回答。当他走到那根木头面前时，他停了下来。那是一根巨大的橡树树干，被风吹倒之后，就一直这样躺了好几年。长年累月的落叶在倒木上堆了厚厚一层。不过姐姐们没有注意到，这根树干并非实心，而是空心的。它里面的空间很大，可以让人直着身子从一端走到另一端。

但奥西奥停下来，并不是他不能从木头上爬过去。这根空心巨木看上去似乎有种不可思议的力量，他盯着它看了很久，好像他在梦中见过，之后便一直在寻找它一样。

"怎么了，奥西奥？"奥薇妮碰了碰他的手臂，问道，"你是看到了什么我没法看见的东西吗？"

奥西奥只是大叫了一声，声音久久地回荡在森林中，接着他便跳进了巨木里。

奥薇妮担忧地站在原地等着，过了一会儿，一个男子的身影从巨木的另一端走了出来。那是奥西奥吗？是的，确实是他。但他完全改头换面了！不再驼背，不再丑陋，不再体弱多病。他成了一个漂亮的年轻人，活力充沛，高大挺拔，有着无与伦比的魅力。

但邪恶的诅咒还没有解除。当奥西奥走近奥薇妮时,他发现自己深爱的妻子身上也发生了翻天覆地的变化。奥薇妮乌黑靓丽的秀发慢慢变白,脸上长出了深深的皱纹,身体虚弱无力,只能倚靠着一根拐杖行走。奥西奥恢复了青春美貌,奥薇妮却突然衰老。

"哦,亲爱的!"奥西奥喊道,"是夜星在戏弄我,才让这不幸降临在你身上。要是我还是之前的模样就好了,我宁愿让自己来承受所有人的侮辱与嘲笑,也不愿让你来这样受苦。"

"只要你还爱我,"奥薇妮回道,"我就非常满足了。如果我们之中只有一个人可以年轻美貌,那么我希望那个人是你。"

奥西奥将奥薇妮拥入怀中,轻抚着她,发誓会比过去更加爱她,因为她的心是如此善良。接着,他们像热恋中的人儿一样,手牵着手走了过来。

奥薇妮高傲的姐姐们看到这一切之后,简直不敢相信自己的眼睛。她们都嫉妒地望向奥西奥,他长得比她们所有人的丈夫都要英俊,其他任何方面也都比他们优秀。他的眼中像闪着夜星的光辉；当他开口说话，所有人都不由自主地倾听，并对他心生崇拜。但硬心肠的姐姐们一点也不可怜奥薇妮。实际上，她们倒是挺幸灾乐祸的，因为今后奥薇妮再也不能在美貌上压她们一头了，也不会再有人在她们耳边为她唱颂歌，让她们嫉妒得牙痒痒了。

宴席开始，所有人都非常开心，除了奥西奥。他只呆呆地坐在那儿，不吃也不喝。他不时握一握奥薇妮的手，在她耳边说几句安慰的话。但大多数时候他只是静静地坐着，望着帐篷外布满星星的夜空。

很快人群便安静下来。在夜色中，从黑暗神秘的森林里传来了音乐声——那是一种低沉甜美的乐声，不像是平常夏日傍晚常听见的画眉的歌唱。这是一种谁都未曾听到过的充满魔力的乐声，它似乎从很远的地方飘来，在寂静的夏夜里忽高忽低。宴席上的所有人听着这声音，百思不得其解。他们当然不知道这是什么声音啦！因为对他们来说，这仅仅是悦耳的旋律。可对奥西奥而言，这却是他能听懂的一种声音，是天空的声音、夜星的声音。这是他听到的话：

"不用再受苦了，我的儿子。邪恶的诅咒已经破解，那个巫师再也不能伤害你。你不用再受苦了，是时候离开地球、回天上和我团聚了。我的光芒照耀在你眼前的这盘菜上，我已经给它降下了祝福，施了魔法。吃下这道菜吧，奥西奥，一切都会好的。"

于是奥西奥品尝了眼前这道菜。然后，你瞧，这帐篷开始摇晃，慢慢地飞上了天空！飞啊，飞啊，飞到了树梢；飞啊，飞啊，飞向了星星。随着帐篷逐渐高飞，让人感到惊奇的是，里面的东西也变了样。陶壶变成了银碗，木碟变作红贝壳，树皮做的屋顶和支撑帐篷的柱子变得亮晶晶的，在群星的照耀下闪闪发光。它越飞越高。接着，那九个高傲的姐姐和她们的丈夫都变成了小鸟。男人们变成了知更鸟、画眉和啄木鸟，姐姐们则变成了有着鲜艳羽毛的各种鸟儿。其中那四个最会嚼舌根的、总在叽叽喳喳的姐姐，则变成了麻雀和蓝鸟。

奥西奥坐在那儿，望着奥薇妮，想着她是否也会变成鸟儿，从他眼前消失不见。想到这里，他便低下了头，心里感到悲伤不已。然而，他再次望向她时，却发现她又突然恢复了美貌，她衣裙的颜色十分独特，像是用彩虹的颜料染出来的。

帐篷飘飘摇摇，气流将它越抬越高，穿过云层，飞啊，飞啊，飞啊，最后轻轻落在夜星的国度。

奥西奥和奥薇妮捉住了所有的鸟儿，将它们关在大大的银鸟笼里，鸟儿们彼此做伴，十分满足。这时，奥西奥的父亲——夜星国国王走过来和他们打招呼。他身着一袭由星尘织成的长袍，长长的白发像云一样披在肩上。

"欢迎，"他说道，"我亲爱的孩子，欢迎回到天国。我们一直在等你回来。你所经历的考验是艰苦的，但你勇敢地挺过去了。你的勇气和虔诚将会受到嘉奖，你会在这儿永远幸福地生活下去。但有件事你必须明白——"

他指着远处的一颗小星星——那是一颗闪烁着微光的小星星，正在云后时隐时现。

"在那颗星星上，"他继续说道，"住着一个叫瓦比诺的巫师，他的法力能使他射出像箭矢一样的强光，去伤害任何他想加害的目标。他是我的宿敌，正是他把你变成一个老人，又把你放逐到地球上。当心别让他的光线照到你。所幸，他的邪恶力量已经被大大地削弱了，友好的云朵帮了我们的忙，形成了一道气墙，阻挡了他的箭矢。"

这对幸福的夫妻跪了下来，感激地亲吻了他的手。

"可这些鸟儿呢？"奥西奥站起身来，指向笼子，"这也是巫师瓦比诺做的吗？"

"不。"夜星国国王回答道，"这是我自己施的法术，也是爱的力量。这股力量使帐篷飞升，托着你们到这里来。同样，也是我的法力让这些善妒的姐姐们和她们的丈夫变成鸟儿。因为他们讨厌你、嘲笑你、欺负和鄙视弱小和年迈的人，所以我就给了他们点教训。相比他们做的事,这点教训还不算什么。在这银色的笼子里,他们也足够开心了,可以为自己漂亮的羽毛骄傲,可以尽情地趾高气扬、叽叽喳喳。把笼子挂在我房间的门口吧,我会好好照顾他们的。"

就这样,奥西奥和奥薇妮在夜星国住了下来。许多年过去了,那颗巫师瓦比诺居住的闪烁的小星星变得越来越苍白,越来越暗淡,最后几乎已无法力再去害人。与此同时,一个小男孩诞生了,令这对夫妻的生活更加幸福圆满。这个可爱的小男孩随了他母亲乌黑梦幻的眼睛,同时也继承了他父亲奥西奥的力量与勇气。

对于小男孩来说,夜星国是个美妙的住所,它离群星和月亮是那么近,天空也近在眼前,就像他床前的一块帘幕,天国的光辉都洒在他的眼前。但有时他也会感到孤单,他会想象地球上是什么样子——他的父母都是从地球上来的。他只能在高处往下看——距离实在太远了,地球看起来就和橘子差不多大。有时他会朝那颗星球伸出手,就像地球上的小孩伸手去够月亮一样。

小男孩的父亲为他做了一把弓，还有一些小小的箭矢。他非常高兴。可他还是感到孤单，他会想，地上的男孩女孩们都在做些什么？他们会和他玩耍吗？他想，地球一定是个美丽的地方，有那么多人在那儿生活。他曾听母亲说过那遥远土地上的奇妙故事，那里有迷人的河流和湖泊，广阔的绿色森林，森林里面栖息着小鹿和松鼠，还有黄色的延绵起伏的草原上水牛成群。

他听说银色的大鸟笼里的鸟也是从地球上来的。像这样的鸟，地球上还有成千上万只，另外还有些更漂亮的，他见都没见过。有优雅地浮在水面，脖颈修长弯曲的天鹅；有夜里在树林里啼叫的三声夜鹰；有红胸脯的知更鸟；还有鸽子和燕子。这些鸟儿得是多么奇妙啊！

有时他会坐在笼子边，试着弄懂笼子里这些带着羽毛的生灵说的是什么语言。一天，他忽然想到一个大胆的点子：他要打开笼子的门，让这些鸟儿飞走。那么它们就会飞回地球，可能会把他也捎上。他的父母要是想他了，也一定会跟着他回到地球，然后——

他不知道最后会发生什么，但不知不觉间，他离笼子已经非常近了。等回过神时，他已经打开了鸟笼，放跑了所有鸟儿。鸟儿们在空中飞来飞去。这时他已经有些后悔，也有点害怕了。如果鸟儿们飞回地球，只把他留在这儿，他的爷爷会怎么说？

"回来！回来！"他叫道。

可鸟儿们只围着他飞来飞去，并不理会他的叫喊。它们随时可能飞回地球。

"我说了回来！"他叫着，跺着脚挥舞着他的那把小弓，"我说回来！不然我会把你们都射下来。"

但鸟儿们才不听他的话。于是他便把箭搭在弓上，射了出去。他瞄得很准，一箭射穿了一只鸟的翅膀，羽毛落得到处都是。鸟伤得不重但却受了惊，从空中落了下来。它掉在地上，一小片血迹染红了地面。然后，这只翅膀中箭的鸟儿竟成了一个美丽的年轻女人。

因为夜星上的居民，不管是人类还是野兽或鸟儿，都不准流血，所以当那几滴血落在夜星上时，一切都发生了变化。小男孩突然发现自己的身体在慢慢下落，像被一只无形之手托着，向地球越来越近。不一会儿，他就看见了地球上青翠的高山和浮在水面上的天鹅。最后，他落在了一片大湖中的绿茵小岛上。他躺下来，望着天空，看到那顶帐篷也落了下来，它轻轻地往下飘，最后也落在这座岛上。帐篷里是他的父母奥西奥和奥薇妮——他们也回到了地上，再一次与地上的男男女女一同生活，并且教给人们生活的技能。他们在夜星上学到了很多东西，地上的孩子们拥有这些知识将会过得更好。

他们站在那儿，手拉着手。所有被施了魔法的鸟儿都围了过来，拍打着翅膀，上下翻飞。当鸟儿落在地上，便幻化成了人形。不过他们虽然变成了人形，却还是和之前大不相同。他们如今变成了侏儒、矮人和俾格米人①，印第

---

① 身高不足 5 英尺（约 1.524 米）的矮小人种。

安人称他们为"普客伍德奇斯"。他们变成了一群快乐的小矮人，只有少数人看得到。据说渔民有时会看见他们——夏夜时分，在吉奇古米湖畔的平坦沙滩上，他们会在夜星的光辉之下翩翩起舞。

## 捕太阳的男孩

冬天厚厚的冻雪覆盖着大地,在月亮的照耀下闪烁着微光。风已经停了,四周寒冷又寂静。森林里没有一丝声响。在这万籁俱寂的夜晚,唯有"大海洋"——吉奇古米湖还没有冻严实,发出冰面裂开的脆响。

但亚古爷爷的"蒂皮"里却温暖又热闹。"蒂皮"就是印第安人说的帐篷。帐篷上面盖着厚实的水牛皮。用穆克瓦熊过冬的皮毛做成的柔软舒适的地毯,正用来招待亚古爷爷的两位小客人——晨曦和她的弟弟鹰羽。他们惬意地蹲坐在毛茸茸的地毯上,等待着老人开口。

忽然,一只白爪老鼠从角落的老窝里爬了

出来，跑到孩子们附近，像只讨要饼干的狗一样，枕着后腿坐了下来。鹰羽扬手想把它吓走，晨曦却连忙抓住他的手臂。

"不要，别动手！"她说，"你别伤害它！你看它多友好啊，而且一点也不怕人。森林里的猎物够多了，你这么勇敢，带上弓箭就能抓到，何必浪费力气欺负一只弱小的老鼠呢？"

有人夸奖鹰羽的力量，鹰羽总是开心的，于是他便放下手来。

"你说得很对，晨曦，"鹰羽回道，"我的狩猎技术应该用来捕捉河狸阿米克和野天鹅乌贝赛才对。"

这时，一直默默不语的亚古终于转过头来。

"曾经一度，"他神秘兮兮地说，"一千个鹰羽这样的男孩也不是一只老鼠的对手。"

"那是什么时候？"鹰羽问着，不安地看向他的姐姐。

"那是大睡鼠的时代。"亚古回答道，"很久以前，世界上的动物比人类还要多得多，体形最大的动物就是睡鼠。后来发生了一件奇怪的事。这事儿以前从没有发生过，要我告诉你们吗？"

"噢，求你了，告诉我们吧！"晨曦央求道。

"这个故事与其说是睡鼠的故事，不如说是一个小男孩和他姐姐的故事。可假如没有睡鼠的话，我也不会在这儿说起这个故事，你们也不会在这儿听这个故事了。

"在故事开始之前，你们要明白，那时候的世界和现在完全不同。啊，是的，真是截然不同。那时人们不吃动物的肉，而是以浆果、植物根茎和野菜为食。神虽然创造了大地、天空和水中的一切，却还没有给予人类'蒙达明'，也就是印第安玉米。那时也没有火来取暖或做饭，整个世上只有一小团火焰，由两个老巫师看守着，不让任何人靠近。人们只能吃生的食物，它们长出来是什么样子，放进嘴里时就是什么样子。后来郊狼去巫师那儿偷来了一小撮火苗，大家现在才能吃上熟食。"

"那时候人们一定很饿吧？"晨曦问道。

"啊，是的，大家都吃不饱。"亚古说道，

"但这还不算什么。那时动物太多,人类太少,世界是被动物们所统治着的,这之中最大的动物是乳齿象博什克瓦多什。它比最高的树木还要高大,胃口也很大。幸好它在地球上存活的时间不长,否则其他动物都要没有东西吃了。"

"你不是说睡鼠才是最大的动物吗?"鹰羽打断他的话。

亚古认真地看着他。

"我讲的这个时候,"他继续道,"就在乳齿象博什克瓦多什灭绝不久之后。但它灭绝得也不算太早,因为那时候整个人类就只剩下一个小女孩和她的弟弟两个人了。"

"就像鹰羽和我?"晨曦问道。

"那个女孩很像你,"亚古耐心地说道,"但那个男孩是个侏儒,长得还不到一米高。女孩长得比弟弟强壮许多,也高大许多,因此她一人承担起了觅食的重担,并且方方面面都照顾着弟弟。有时她外出采果子和菜根时也会带上弟弟。'他的个子这么小',她对自己说道,'我要是把他一个人留在这,也许一只大鸟就会

飞来把他捉回巢。'

"她并不知道弟弟是个多么奇怪的男孩子，也不知道他一旦下定决心，究竟能闯出多大的祸来。一天她对弟弟说：'瞧，弟弟！我给你做了一把弓还有一些箭，你也该学着自己照顾自己了。我不在的时候你就练习射箭，这是你必须掌握的技能。'

"冬天就要到了，而他能用来御寒的就只有一件姐姐用野草给他织的袍子。他怎样才能弄到一件暖和的外套呢？正当他问自己这个问题的时候，一群雪鸟飞了下来，落在他身边。鸟儿们啄着地上的木头，从里面找虫子吃。'哈！'他说道，'鸟儿的羽毛可以给我做件好衣裳。'他挽弓射了一箭。但他还没学会怎么才能射准，第一箭射偏了。他又射了第二箭、第三箭。鸟儿受了惊，全飞走了。

"每一天他都反复尝试，如果没有其他东西可以瞄准，他就对着树射。最后他终于射中了一只雪鸟，接着又射中了第二只、第三只。他足足射下十只鸟，终于够了。'看，姐姐，'他

说,'我不会挨冻了,现在你可以拿这些小鸟的羽毛给我做衣裳了。'

"于是他的姐姐将这些鸟儿的羽毛缝在一起,为他做了件衣服。他第一次有了一件温暖的冬衣,既漂亮又能防寒。哎呀!他太为这件衣服感到自豪啦!他拿上弓和箭,像只小火鸡一样趾高气扬地走来走去。'这是真的吗?'他问,'世上真的只有我们两个人了吗?或许我到处看看还能找到其他人呢,试试也没什么不好。'

"他姐姐害怕他会受伤。可他下定决心要自己去外面闯一闯,说着他便出发了。但他的腿太短了,不习惯走远路,很快他便走累了。他走到山崖边,这里有块地方的雪被太阳融化,露出光秃秃的岩石。于是他躺了上去,很快沉入了梦乡。

"在他睡着的时候,太阳和他开了个玩笑。这是个温暖的冬日,男孩睡下时羽毛大衣还新亮柔软,结果在太阳的直射下,羽毛大衣开始起皱缩小。'哎呀,怎么回事?'他在睡梦中喃喃自语，感觉身上的大衣越穿越紧。随后，他醒了过来，伸了伸胳膊，终于明白发生了什么。

"太阳差不多要下山了。男孩站起来冲着太阳晃了晃他的小拳头。'看看你都做了什么？'他跺了跺脚，叫道，'你毁了我的新羽毛大衣。好啊，你以为你跑到那儿就能逃出我的手掌心了？我一定会报复回去的，你等着瞧吧！'"

"可他怎么追得上太阳呢？"晨曦问道。她瞪圆了眼睛。

"男孩把这件事告诉姐姐之后，她也是这样问的。"亚古说，"你觉得他会怎么做？他只是往地上一摊，十天不吃不动，就这么躺着。接着他翻了一面，又躺了十天。最后他站起来。'我想到好办法了，'他说，'姐姐，我要用套索去捉住太阳。帮我找些绳子来，我要编个圈套。'

"姐姐去找了些结实的草，拧成了绳子。'这不行！'他说，'你得找些更结实的东西。'他说话的口气一点都不像个小男孩，而是充满了不容置疑的命令。他的姐姐随后想到了自己的头发，便从头上剪了一段下来做成粗绳。编好之后弟弟非常满意，说这个能行。弟弟便从她手里拿走绳子，咬在嘴里拉扯着。扯着扯着，那条绳子变出了金属的质感，变得更长，更加坚固。他扯啊扯啊，直到身上缠满了绳子才停下。

"夜里他又回到山上，在太阳要升起的地方放了一个套索。他在寒冷与黑暗中等了很久。终于，天上冒出一点微光。太阳刚一升上来便被绳索套在原地，不得动弹。"

亚古突然不讲了，坐在那儿看着炉火。大家猜每当亚古这样时，是在观察炉火和热炭中的图案，从中获得他讲故事的灵感。可晨曦有些等不及了，她想知道后面到底怎么样了。

"亚古，"她最后怯怯地说，"你忘了还有睡鼠吗？"

"哎呀！睡鼠嘛，没有，我没忘。"老人回答着，站起身来，"太阳没有像往常一样升起，动物们都不知道发生了什么。松鼠阿德吉道莫在松枝上吱吱咒骂着；渡鸦卡加吉扇动着翅膀，呱呱叫着，声音比过去还要嘶哑，它告诉其他人世界末日就要到了；只有熊穆克瓦毫不在意，早就爬回洞里冬眠去了，外面越暗它越高兴。

"还是东风瓦布恩给大家带来了太阳的消息。他从箭袋中抽出银箭，想要驱走山谷中的黑暗。但因为太阳并没有升起来帮忙，他的箭没有起到作用，白白落在地上。'醒醒！大家快醒醒！'他叫道，'有人用绳索套住了太阳，有哪个动物敢去弄断绳子？'

"可即使是动物中最聪明的郊狼也想不到有什么方法能把太阳救出来。太阳光散发的热度实在太高了，让它只能待在距太阳一箭射程之外的地方，无法接触到套住太阳的魔法发绳。

"'交给我吧！'战鹰肯尤从悬崖边的鸟巢飞了下来，'我可是能独自飞上高空、面对太阳眼都不眨一下的。交给我吧！'

"战鹰穿过黑暗俯冲下去，不久又飞了上来，但它的鹰羽都被烧焦了还是没成功。于是动物们唤醒了睡鼠。要叫醒睡鼠可不容易，因为它一旦合眼就要连续睡上六个月，一般是叫不醒的。郊狼爬到睡鼠耳边，用尽力气嗥叫了一声。要是其他动物，耳膜早就破了，可睡鼠库格俄贝恩格瓦克瓦只是咕哝一声，翻了个身接着睡，郊狼差点儿被压成扁平的玉米饼。

"'现在只有一个方法可以叫醒它，'郊狼站起来，抖了抖身体，'我准备跑到雷霆安尼米基的山洞里找他。他的声音比我的可怕多了。'说着它一溜烟跑了。

"很快大家便听见雷霆即将到来的声音。轰！轰！雷霆在睡鼠的耳边一吼，这只世上最庞大的巨兽便慢慢站起身来。黑暗中，它看起来比以往还要高大，高得像座山一样。雷霆安尼米基又怒吼了一声，以确保睡鼠已经完全醒了，不会再睡着。

"'现在，'郊狼对睡鼠说，'你得去解救太阳。如果我们被他烧到了，可能就会烧得只剩下一堆白骨。可你的个子这么大，就算被烧掉了一部分，也不致有生命危险。而且那样一来，你也不用吃那么多或者为填饱肚子而发愁了。'

"睡鼠很笨，它觉得郊狼说得好像也挺有道

理。何况它是最大的动物，这样的大事理应它来做。于是它上了山，来到男孩套住太阳的地方，开始咬那个绳索。它正慢慢咬着，背上感觉越来越热，很快便烧了起来，它的整个上半身都被烧焦了，烧成了大堆大堆的灰烬。最后，它终于用牙齿咬断了绳子，救出了太阳。可它的身体也被烧得只剩普通老鼠那般大小，也就是它现在的样子。不过这副身体对老鼠而言也够大了，也许郊狼之前说的话就是这个意思。郊狼太狡猾太诡计多端了，想明白它话里的意思可并不简单。"

## 夏天是怎么来的

晨曦已经厌倦了冬天，渴望着春天来临。可有时，好像坏脾气的北风老头看起来并不愿回到他的家乡冰之国。他吹出的冷风把吉奇古米湖冻得硬邦邦的，又覆上一层厚厚的雪，都分不清哪里是湖面、哪里是地面。

除了美丽的苍松，整个世界都是雪白色的——一个炫目的、寂静的世界，没有水流悦耳的低吟，也没有鸟儿的清脆歌唱。

"知更鸟欧皮切不会再回来了吗？"晨曦叹了口气，"要是没有夏天，没有南风沙文达斯吹来紫罗兰和鸽子。噢，亚古，那不是很糟糕吗？"

"你要有耐心，晨曦。"老人答道，"很快你就会听见大雁瓦瓦飞往北方的声音。我已经活了好些年月了，有时它是来得迟一些，但它总会来的。你要是听见了它的叫声，那知更鸟欧皮切也就不远了。"

"我会尽量耐心一点。"晨曦说，"可北风卡比昂欧卡太强大，太凶猛了。我不禁想，会不会有一天他的力量强大到可以一直住在这里？光是想想，我就害怕得发抖！"

亚古从炉火边的座位上站起来，拉开水牛皮门帘，指向那闪烁着星星的澄澈天空。

"你看！"他说，"那儿，在北边。你看那一群小小的星星，你知道我们管它们叫什么吗？"

"我知道，"鹰羽说道，"那是欧吉格安农——渔貂星座。如果角度正确的话，可以看到这些星星组成了一只渔貂。它摊平了身子，尾巴上还插着一支箭。你看啊，姐姐！"

"渔貂，"晨曦重复了一遍，"你是指那种毛茸茸的小动物吗？像狐狸的那种？它是不是还有个名字叫貂鼠?"

"就是。"鹰羽说道。

"嗯,那我知道了。"晨曦点点头,"可是为什么天上的渔貂要摊平了身体,尾巴上还插着一支箭呢?"

"那我就不知道究竟为什么了。"鹰羽说,"我猜是有猎人在追它?或许亚古能告诉我们答案呢。"

亚古拉上帘子,又走回炉火边。

"你觉得这个世上是不是曾经有一段时间没有夏天?"他对晨曦说,"你说对了。原本大地上到处都被冰雪覆盖着,十分寒冷,最后是渔貂欧吉格从天上把夏天带到人间。要不是欧吉格愿意献出自己的生命,让所有人能够感受到温暖,北风卡比昂欧卡可能现在还统治着这片大地,就像如今他统治着冰之国一样。"

晨曦和鹰羽坐在用穆克瓦熊的冬衣制成的柔软地毯上,听亚古讲起夏天是如何到来的故事。

在和吉奇古米湖交界的原始森林里,曾住

着一个强大的猎人，名叫欧吉格。没人比他对森林更熟悉。森林里没有标记之处，其他人可能会迷路，可他不论是黑夜还是白天，都能轻松迅速地找到路径，穿越树林与灌木丛交错的野地。无论红鹿逃去哪儿他都能追上，熊也逃不过他敏捷的追捕。他还有狐狸一样狡猾的心眼、狼一样的毅力；嗅到危险的迹象，他又能像野火鸡一样迅速逃离。

欧吉格射箭时总能正中靶心。他一旦踏上旅途，雨雪暴风也不能令他回头。他总是说到做到，而且做得很好。

因此，有些人开始相信欧吉格是"马尼托"——印第安人这样称呼有魔法的人。可有件事是确定的：只要欧吉格想，他就能把自己变成一只渔貂，或者又叫作貂鼠的小动物。

也许正因如此，他才和一些动物相处得这样融洽。只要他呼唤一声，动物们都愿意过来帮忙——有水獭、河狸、猞猁、獾和狼獾。有一次欧吉格遇到了大麻烦，这些小伙伴们便马上伸出援手。

欧吉格有个他深爱着的妻子，还有一个十三岁的儿子。他的儿子也想成为像他这样的强大猎人，并且从小便展现出出色的射箭技术。万一欧吉格哪天没法给家里带吃的回来，他相信自己肯定有能力捕到足够的松鼠和火鸡，让家里人不至于饿肚子。不过欧吉格总会带鹿肉、熊肉和野火鸡回家，所以家里根本不缺食物。除了外面天寒地冻，男孩没什么不高兴的。他们有鹿皮和兽毛做的暖和衣裳，还有一整片森林的木材，可以保证炉火不灭。尽管如此，寒冷依然是非常大的考验，因为外面总是冬天，积雪从不融化。

一些睿智的老人听说天空不只是我们这个世界的顶部，还是另一个更高的美丽世界的底部。在那个世界，羽毛鲜艳的鸟儿在一个温暖宜人的叫作夏季的季节里婉转歌唱。人们都相信这是真的，因为太阳离地面是那么远，离天空却那么近。

男孩经常幻想这个故事，思考应该怎么办。他的父亲无所不能，有些人说他是马尼托。或许他能想到办法把夏天带到地上来。那真是再好不过了。

有时候天气太冷了，男孩一走进树林，手指便冻僵了。他都没法把箭搭在弦上，只能一无所获地回家。有一天，他在森林里走了很远，正准备空手而归时，突然看见一只红色的松鼠蹲坐在一个树桩上，咬着一个松果。看见这位小猎人靠近，它没有逃跑。然后，这只小动物开口了。

"小伙子，"它说，"我想告诉你一件事，你肯定乐意听。收起你的箭，别想着射杀我，我就给你些建议。"

男孩有些吃惊，但还是松开了弦，把箭放回袋子里。

"好，"松鼠说，"仔细听我接下来要说的话。这片大地总是覆盖着积雪，冰霜总是冻伤你的手指，让你闷闷不乐。我也和你一样讨厌这冷天。说句实话，土地一直冻结着，这些森林里的东西根本不够我填饱肚子，你看我现在都瘦成什么样子了？松果里也没什么吃的。如果有人能把夏天从天上带下来，那真是一桩大喜事。"

"这么说这是真的？"男孩问道，"天上真的有个温暖舒适的国度，那里的冬天只有几个月吗？"

"对，这是真的。"松鼠说，"我们动物一直都知道这件事。战鹰肯尤能飞到太阳附近。它有次看见天上有一道细小的裂缝——有一回暴风雨引发大洪水，淹没了整片大地，闪电韦沃斯伊莫就在那时劈出了这条裂缝。战鹰感到缝里有温暖的气息溢出来。但下一秒上面的人就修好了这条裂缝，天空再没有泄露过任何东西。"

"看来那些睿智的老人是对的，"男孩说，"我的爸爸欧吉格能做到任何他想做的事。你觉得，如果拼尽全力，他能不能爬上天空，把夏天带下来给我们？"

"当然能！"松鼠喊道，"正是因此，我才和你说这件事。你的父亲是一位马尼托，要是你使劲求他，说你是怎样不高兴，他肯定愿意试试。你回去的时候给他看看你被冻伤的手指，告诉他你是如何跋涉了一天才穿过这片积雪，艰难地走回家；告诉他总有一天你会被冻僵，再也回不去了。这样他肯定会按你说的做，因为他是那样地爱你。"

男孩谢过松鼠，并承诺他会听从建议。从那天起他便吵得父亲不得安宁。最后欧吉格对他说：

"儿子，你要我做的这件事非常危险，我不知道后果如何。但作为马尼托，我的魔法是用来做好事的，我只能试着把夏天从天上带下来，让地上的生活更舒适一些。其他什么都不能做。"接着他便准备了一顿宴席，邀请了他的朋友们——水獭、河狸、猞猁、獾和狼獾。它们都埋头讨论着，想找出一个最好的办法。猞猁第一个开口，它修长的四肢走过很远的路，去过不少奇妙的地方。

对了，如果你的眼睛够好够敏锐，在晴朗无月的夜晚，你抬头仰望天空，就能看见那片睿智的老人们所说的像猞猁的群星。这充分说明了猞猁的地位举足轻重，特别是在这种大事上。于是它说话的时候，其他人都怀着敬意聆听。

"这儿有座高山，"猞猁说，"你们都没见过，也没人见过它的山顶，因为它一直被云遮着。但我听说那是世界上最高的山，几乎能碰到天空。"

水獭笑了。它是唯一可以这样做的动物。有时它笑起来没什么特别的原因，不过有些时候它笑，是因为它觉得自己比其他动物聪明，想要"炫耀"。

"你笑什么？"猞猁问道。

"哦，没什么，"水獭回答，"我就是笑笑而已。"

"总有一天你会笑出麻烦来。"猞猁说，"就因为你没见过这山，你就觉得它不存在。"

"你知道怎么去吗？"欧吉格问道，"如果能爬上这座山，我们或许可以想出办法到天上去。这看起来是个好主意。"

"我正是这么想的。"猞猁说，"虽然我不

知道这座山的确切位置，但从这里出发，走上一个朔望月的时间，就能遇到一个巨人马尼托。他知道这事儿，他能告诉我们。"

于是第二天，欧吉格告别了妻子和儿子，便和猞猁一起上了路，其他动物也紧随其后。正如猞猁所说，他们日夜兼程地走了一个朔望月的时间，终于来到一个锥形棚屋前，白人把这种屋子叫作印第安人的帐篷。屋子的门口站着一个马尼托。他们从没见过长相这样古怪的人，他有着巨大的头颅，上面长着三只眼睛，一只眼睛长在额头上，另外两只眼睛长在下面。

这位马尼托把他们请进小屋，还端出了肉招待他们。但他的样子太古怪了，动作也十分笨拙。水獭忍不住笑了起来。听见笑声，这位马尼托额头上的眼睛突然变红了，像一块燃烧的煤炭一样。他猛地跳起来去捉水獭，水獭好不容易躲了过去，来不及品尝一口晚饭，便溜到门外，逃进冰天雪地的黑夜里。

水獭走了，这位马尼托似乎也满意了。他告诉他们可以在自己的小屋过一夜，他们便在这儿住下了。欧吉格的朋友们都睡着了，欧吉格却还醒着。他发现这位马尼托下面的两只眼睛虽然闭着，额头上的那只眼睛还睁得大大的。

早上，这位马尼托告诉欧吉格，他们只要朝着北极星的方向一直走，一直走过二十个太阳——也就是印第安人说的二十天后，就能抵达那座山。

"你自己也是马尼托，"他说，"你应该也能带着朋友爬到山顶。但我不确定你还能不能顺利下山。"

"只要它离天够近，"欧吉格回道，"我就别无所求了。"

他们再次出发。路上又遇到了水獭。水獭见到他们，又笑了起来。不过这次它笑是因为高兴，高兴能找到他们，也高兴能吃到肉，那是欧吉格从那位马尼托准备的晚餐里留下的。

二十天后，他们来到那座山的山脚下。他们爬呀爬呀，爬到差不多穿越云层的位置；再往上爬一会儿，才终于停下。他们上气不接下气，坐在世界的最高峰上休息。令他们感到高兴的是天空似乎很近，几乎触手可及。

欧吉格和他的小伙伴们打算先向神明祈祷。他们按照印第安人的传统，先指向地面，又指向头上的天空，接着指向四面的风。

"那么，"做完这一切后，欧吉格说道，"咱们之中谁跳得最高？"

水獭笑了。

"那你来跳吧！"欧吉格指挥道。

水獭跳了起来。它的头结实地撞上了天空，但天空比它的头更硬，撞得它人仰马翻一路滚下了山，很快便不见踪影。他们再也没见过它。

猞猁哼了一声："让它笑，现在该哭了。"

下一个轮到河狸。它一蹦也顶到了天空，但也重重地倒了下来，不得动弹。獾和猞猁也运气不佳，跳过之后头疼了好久。

"现在全靠你了，"欧吉格对狼獾说道，"你是它们之中最强壮的。准备好了吗？预备——跳！"

狼獾跳了起来，接着四肢落地，毫发无损。

"很好！"欧吉格喊道，"再试一次！"

这一次狼獾把天空撞出了一个凹陷。

"它要裂开了!"欧吉格叫着,"就是现在,再来一次!"

狼獾第三次跳了起来。这回它撞破了天空,消失在大家眼前。欧吉格紧跟了上去。

他们望了望四周,瞧见了一片美丽的乐土。

欧吉格一辈子都生活在风雪中,这时他像在做梦一样,不敢相信眼前的一切是真实的。他身后是个荒凉的世界,白雪皑皑,河流湖泊常年冰封,那是个没有歌声和色彩的世界。现在,他来到了一个绿草如茵、繁花似锦的国度,羽毛鲜艳的鸟儿在结着金色果子的茂盛树枝上欢唱。蜿蜒的河流穿过草地,流进秀丽的湖泊。温暖的空气中飘来无数鲜花的芬芳。这便是夏天呀!

湖岸边的小屋住着天上的人们,在不远处可以看见他们。小屋很空旷,屋前都挂着鸟笼,里面养着各色美丽的鸟儿。夏天的温暖气息已经随着狼獾撞出的缺口溢了出来。欧吉格赶忙打开笼子将鸟儿放出来,让它们跟在身后。

天上的居民看见这一切，大叫了一声。但春、夏、秋三个季节都从裂开的缺口溜去了下面的世界，许多鸟儿也跟着飞走了。

狼獾赶在被天上的居民捉到之前，也穿过缺口，回到了地上的世界。但欧吉格就没那么幸运了。他看到天上还有那么多的鸟儿，认为儿子看到了一定很喜欢，所以他还在忙着打开鸟笼。等欧吉格反应过来时，已经太迟了，天上的居民已经补上了被撞开的缺口。

天上的人追着欧吉格不放。他便把自己变成一只渔貂，越过平原，用最快的速度朝着北极星狂奔。用渔貂的身体，他可以跑得更快，而且，在这个形态下，只要不射中尾巴尖，箭伤害不了他。

但天上的人跑得更快，渔貂只能爬到一棵高高的树上。可这些人都是神射手，朝他射了很多箭，最终有一支命中了他的死穴。渔貂知道这回自己在劫难逃了。

这时欧吉格看到在他的敌人之中，有些人文着他部落的图腾或家族纹章。"兄弟们！"他对他们喊道，"求你们走吧，放过我。"

天上的人答应了他的请求。他们走后，渔貂从树上下来，徘徊了一会儿，想找找平原上还有没有能通向地上的缺口。但这里一个缺口都没有。他感到体力不支，头晕目眩，最后趴在了天幕上。正是透过这道天幕，地上的人能看到星星。

"我遵守了诺言，"他满足地叹息道，"我的儿子和地上所有人都能享受夏天的温暖了。从今往后我会成为天上的星座，人们会传颂我的名字。我已经满足了。"

于是渔貂永远留在了天上，在晴朗的夜晚你就能清晰地看见他和尾巴上的箭。印第安人把这些星星称为渔貂星座——欧吉格安农。但白人则叫它大熊星座。

## "蚱蜢"

从前有个快乐的印第安小伙子,他能跳得很高,而且喜欢恶作剧,大家都叫他"蚱蜢"。他长得高大英俊,想出来的恶作剧总是不重样。虽然有一些恶作剧十分有趣,但他玩得太过火了,所以最后总会陷入麻烦。

蚱蜢拥有一个印第安人最想拥有的一切。他的屋子里有各种烟斗和武器,有貂皮和其他上等皮毛,有装饰着豪猪刚毛的鹿皮衣服、许多双挂着珠子的鹿皮鞋,还有许多贝壳腰带;正常来说,一个人根本不可能有这么多东西。

实际上,这些东西根本不是蚱蜢用自己的技能和勇气捕猎得来的。他只在木碗里摇晃一些五颜六色的骨头和木片，然后把它们扔在地上就可以了。也就是说，蚱蜢是个赌鬼。他的赌运很好，凭借用碗摇晃筹码的游戏，总能轻松地赢走别人拼了命打来的猎物。

要说为什么人们还愿意忍受他，甚至在被他捉弄时一笑了之，那是因为他的舞跳得很好。他在跳舞方面无人可及。哪家要举办婚礼，或是狩猎成功要办一场宴席，除了蚱蜢，还有谁能给大家表演娱乐节目？

他跳起舞来脚步轻盈，似乎双脚都不曾落在地上。他会跳印第安人出征的战舞，也会跳庆祝玉米丰收的节庆舞蹈。但他最擅长的是一种热热闹闹的、让人头晕目眩的舞蹈，他会在台上蹦来跳去，非常吸引观众的注意。

跳舞时，他整个人都转成了一股旋风。他转啊转啊，卷起树叶和灰尘，转到最后人影都瞧不见了，只看得到一团翻卷的云。

曾经，一位叫曼阿博若的伟大马尼托来到部落并娶妻定居，他帮助部落的人们极大地提高了生活水平。蚱蜢在他的婚礼上跳了舞，这支舞被他称为《乞丐之舞》。这是怎样的一支舞啊！你看那吉奇古米湖沿岸绵延的沙丘，如果你问亚古它们是怎样形成的，他会告诉你这些沙丘是蚱蜢的杰作，是他在曼阿博若的婚礼上跳舞时飞快地旋转，将沙砾聚了起来，堆成了沙丘。

虽然蚱蜢在婚礼上跳了这支疯狂的《乞丐之舞》，但他这样做也许更多是为了让自己开心或者炫耀他的舞技，而不是为曼阿博若庆祝。蚱蜢其实对别人毫无敬意。有时亚古的祖父讲起有趣的故事，正要讲到精彩的地方时，蚱蜢可能会打个呵欠伸个懒腰，发出嘘声，说他之前已经听过了。

他对曼阿博若也是等同视之。这位伟大的马尼托是西风穆德杰基维斯的儿子，他拥有能够造福部落的法力。正是在他的斋戒祈祷下，部落的人们不再只靠天吃饭以打猎为生——上天回应了他的祈祷，赐予人们印第安玉米。当渡鸦之王卡加吉带着它那伙黑色的小贼们飞来，想破坏地里的种子时，也是曼阿博若捉住了它，把它绑在屋里的房梁上，让它呱呱叫着，作为对其他偷谷贼的警告。

但曼阿博若的善良和智慧并没有感动蚱蜢。

"呸！"蚱蜢总说，"印第安人明明拉开弓就可以猎来一头肥鹿，为什么要操心怎么种玉米呢？"他又甩甩他的狼皮口袋，摇摇里边的骨头和木片。"只要我有这些，"他自言自语道，"我也不需要其他任何东西了。毕竟一个人只要会动脑子，其他人都是来为他工作的。"

蚱蜢摇着火鸡毛做的扇子，昂首阔步地走在村庄里，长长的黑头发上束着天鹅羽，脚后跟上拖着狐狸尾。他的鹿皮衣裳用貂皮滚边，裹腿和鹿皮鞋都装饰着珠子和豪猪毛，整个人打扮得光鲜亮丽。当晚有一场舞会，作为有名的花花公子，蚱蜢在所有年轻女孩和成熟女性中都很受欢迎。为了这个场合，他特意打扮了一番。他在脸上抹上红蓝色的条纹；把青黑色的头发梳成中分，涂上发油后闪闪发亮，再和香草一起编成几股辫子落在肩上。战士们可能会叫他"肖戈达亚"，也就是胆小鬼的意思，还会嘲笑他挥金如土，可他满不在乎。到了比赛玩球和套圈的时候，他难道赢不了他们吗？少女们难道不爱他俊俏的模样吗？

同时，蚱蜢也想找些乐子来打发时间。他往小屋门外瞥了一眼，看见一群年轻人坐在地上，正听着亚古爷爷讲故事。

"哈！"他叫道，"你们难道没有别的事可做吗？我这儿有个好玩的游戏。"

他从袋子里掏出十三块骨头和木片，在手里抛来抛去，但没人搭理他。毕竟蚱蜢浑身都是鬼点子，"脚跟上的心眼比脑子里还多"。大家一度因为他太过狡猾，怕他使坏，没人愿意和他玩。

"呸！"蚱蜢嘟囔着，转身离开，"我知道是怎么回事了，肯定又是那个神棍曼阿博若在给他们说教。住在这村子里是越来越没劲了，我也差不多该到外面去闯闯了，先找个男人们不会干坐着跟小姐说话的地方。"

蚱蜢一面走着，一面专心计划着恶作剧，连跳舞的事也忘了，只想着怎么才能给自己找点乐趣。他来到了村庄的郊外，正巧路过曼阿博若的小屋。"我得捉弄捉弄他，"他压着嗓子说，"这样等我走了，他才会记得我。"但他清楚曼阿博若比他强大很多，所以他又犹豫了，不知道具体该怎么做。

最后他轻轻走到门边，听了一会儿，没有听到任何动静。"很好！"他笑着说，"可能现在没人在家。"随后，他绕着小屋的外围单脚旋转起来，扬起好大一阵灰尘。没人从屋里走出来，但房梁上绑着的渡鸦之王卡加吉扇起了黑色的翅膀，发出一声嘶哑得有如磨刀声的尖叫。

"傻鸟！"蚱蜢叫道，"好吵的傻鸟！"

他猛地一跳，越过了小屋的房顶，接着又跳了回来。渡鸦见状更加声嘶力竭地叫着。但屋子里面还是悄无声息。

蚱蜢更加有恃无恐。他又来到门边，"哗哗"地拍打那片水牛皮门帘。还是没人回应。于是他小心地把帘子拉开，往里面瞄了一眼，接着便咯咯笑了起来。屋里果然没人。

"这可真是个好机会！"他喊道，"曼阿博

若和他那个蠢老婆都不在家。在他们回来之前，我先好好表达一下'敬意'，然后溜之大吉。"

说着，他走了进去，把屋里的东西翻得乱七八糟。他把碗和壶扔到角落里，在喝水的葫芦瓢里装满了炉灰，然后他把贵重的毛料和绣好的衣服扔来扔去，还把贝壳腰带和箭矢撒得满地都是。这场景，简直像是哪个疯子来过这里。曼阿博若的妻子是全村最整洁有序的女人，没什么比这更能惹她生气的了。

"接着轮到曼阿博若了。"他笑着走出屋子，对自己的恶作剧十分满意。

"呱！呱！"渡鸦之王叫道。

"呱！"蚱蜢也朝它叫了一声，嘲笑道，"你可真是只可爱的宠物。曼阿博若把你拴在这儿是因为你好看，还是因为你声音好听？"

随后，他便跳到房梁上，一把抓住渡鸦的脖子，将它转来转去，等它被转得东倒西歪，几乎没命了，才将它吊在原地，作为对曼阿博若的挑衅。

蚱蜢心情大好，吹着口哨唱着歌在森林里

漫步，时不时翻几个跟头逗弄松鼠。湖泊之上有一块高耸的巨石，站在它的顶上可以将绵延数里的村庄尽收眼底。蚱蜢登上巨石，在那里他可以清楚地看见村里的情况，于是他想在这儿等到曼阿博若回家。那场面一定很有意思。

蚱蜢一坐下，许多小鸟便冲过来将他围住，绕着他脑袋飞。曼阿博若把这些飞鸟叫作他的"小鸡"，这些飞鸟都受他的保护。但蚱蜢有些无法无天了。一群山鸡飞了过来，他拉开弓便是一顿乱射，不是为了别的，甚至不是为了要吃它们，只因为它们受到曼阿博若的庇护。鸟儿中了他的箭，一只接着一只坠落下来。他又把鸟儿的尸体从地上捡起来，丢到悬崖下的沙滩上去。

最后，海鸥凯奥什科侦察到了蚱蜢的恶行，发出了警报。"蚱蜢正在对我们大开杀戒！"它叫道，"飞啊，兄弟们！快逃，告诉我们的守护者，蚱蜢正在射杀我们。"

曼阿博若听到这个消息，他的眼里喷出怒火，雷鸣般怒吼道：

"蚱蜢必须以死谢罪！他逃不出我的手掌心，纵使他飞到世界尽头，我也会追过去报仇。"

他穿上魔法鹿皮鞋，每走一步就是整整一里；戴上魔法手套，一拳就能把最坚固的岩石击碎。然后，他便开始追逐蚱蜢。

蚱蜢听见海鸥通风报信，知道自己非走不可了。他跑得也很快，快到如果他射出一支箭，不等箭飞到，他的腿脚便能先一步跑到它落地的位置。他也有变化成其他形态的能力，要杀他几乎是不可能的事。举个例子，假如他附在一只河狸身上，那只河狸被杀了之后，不等它的身体变凉，蚱蜢的"吉比"，也就是灵魂，就会离开河狸的身体，重新变回人形，准备开始新的冒险。

一开始蚱蜢自信他能跑得够快，也足够聪明，一定能逃出生天。有寻仇的曼阿博若紧追其后，蚱蜢逃得飞快，像一道飞逝的影子。他穿过森林，越过高山，逃得比野兔还快。他身后的曼阿博若也同样紧追不舍。当曼阿博若来到森林中时，林地上被压弯的青草还没恢复原状,依然带着温热,可在这儿休息过的蚱蜢已经跑远了。有一次,曼阿博若从高山上发现了蚱蜢在山下草地的踪迹。不过蚱蜢其实是有意让他看见自己,好以此嘲笑并挑衅这位伟大的马尼托。但事实上,蚱蜢过于自负了。

最后蚱蜢厌倦了逃亡。倒不是说他的腿疼了或是脚酸了,只是这种没完没了的追逃实在看不到头,他想找些新的乐子。不久他来到一条小河边,小河的水流被河狸筑的坝给堵住了,水漫起来形成了一片小湖。算上所有的弯弯绕绕,蚱蜢这天已经走了好几千里路了,暑气腾腾,风尘仆仆。这片小湖长着睡莲和灯芯草,看上去十分凉爽清新。远远传来模糊的声响,是曼阿博若飞奔时的呐喊声。

"无聊的家伙!"蚱蜢说,"我都想做一只河狸了,住在这湖底下,谁也不会来打扰我。"

他正说着,一只河狸便把头浮出水面,怀疑地看着他。

"别紧张,我把弓箭都留在草丛里了。"蚱蜢解释道,"另外,我正想变成一只河狸呢,你怎么看？"

"我得问问阿米克，它是我们的老大。"这只友善的动物回答。

河狸又潜回了水底。很快，河狸阿米克把头探出了水面，另外二十多只河狸也伸出头来。

"让我加入你们，"蚱蜢说道，"你们在这清澈凉爽的水底住得很舒服。我也已经厌倦了现在的生活了。"

阿米克很高兴这样一位英俊强壮的印第安年轻人愿意加入它们。

阿米克说："但你只有跳进水里，我才能帮你。你觉得你可以变成我们中的一员吗？"

"这很简单。"蚱蜢说。

他走进水里，直到水面没过他的腰才停下。瞧！他长出了一根又扁又宽的尾巴。他越走越深，水没过他头顶的瞬间，他就变成了一只河狸，有着光滑的黑色皮毛，鸭子一样的脚蹼。他和其他河狸一同潜到水底，那里有成堆的木条和树枝。

阿米克解释道："那就是我们储存过冬食物

的地方。我们吃树皮。你很快也会长得像我们一样胖。"

"但我想长得更胖,"蚱蜢说,"长到你们的十倍大小。"

"如你所愿,"阿米克同意了,"你想长多大都行,我们可以帮你。"

他们到了河狸居住的小屋,走进前门,参观了一连串的大房间。蚱蜢给自己选了最大的一间。

他说:"给我所有我能吃的东西,等我长得够壮之后,我来做你们的老大。"

河狸们很高兴,纷纷给蚱蜢取来最多汁的树皮。蚱蜢十分享受这样懒散的生活,每天除了吃就是睡,很少有其他事做。他长得越来越大,直到他的体形是阿米克的十倍大小,在他自己的屋子里几乎很难移动了,他才高兴。

但有一天,在小湖边的灯芯草丛中守卫的河狸惊恐地游到小屋里来。

"有猎人正在追杀我们,"河狸喘着气说,"是那位曼阿博若带着他的猎人同伴来的,他们正在摧毁我们的堤坝。"

河狸正说着，小湖里的水已经越降越低，下一秒几只脚便踏了过来——猎人们跳上了小屋的屋顶，想要把它打破。

除了蚱蜢，所有河狸都惊慌失措地溜出小屋，逃进河流里。有些藏在深处的水坑里，有些则顺着水流游到远处。蚱蜢用尽全力也没跟上它们。他的身材过于肥大，房门对他而言太小了，他试图挤出去，却紧紧卡在了门中。

接着屋顶塌了下来，一个印第安人的脑袋出现在他眼前。

"泰奥！"猎人叫道，"图泰奥！看看这是什么！这肯定是河狸之王米肖密克。"

曼阿博若过来看了一眼。

"是蚱蜢！"他叫道，"我能看穿他的小把戏，这是伪装成河狸的蚱蜢。"

接着，他们便乱棍打死了蚱蜢。八个高大的印第安人将他软趴趴的尸体吊在木棍上，得意洋洋地抬着他穿过森林。

但他的"吉比"，也就是灵魂，此时依然在河狸的身体里，挣扎着想要逃出来。那群印第安人把河狸抬到小屋里，准备做成一顿大餐。女人们准备动手时，蚱蜢的灵魂终于从河狸的身体里挣脱出来，很快溜走了。蚱蜢从草原一闪而过，逃进了森林。曼阿博若十分警觉，见蚱蜢变回人形，又开始追逐他。

与河狸一起生活的日子让蚱蜢变得更加懒惰。他一面跑着，一面东张西望，想办法不让自己再这样亡命奔逃就能躲过曼阿博若。很快，他遇到了一群驼鹿，这是一种脑袋两侧长着巨大鹿角的鹿。它们正美美地吃着草，体形肥壮，毛皮光滑。

"它们的生活自由又愉快。"蚱蜢一边观察着一边说道，"干吗要累死累活地跑？我要变成一只驼鹿，加入它们的队伍。"

他的头上生出一对角来，不过几分钟就完全变身成了一只驼鹿。但他还不满足。

"我还不够大。"他对驼鹿的首领说道，"我的蹄子太小了，我的角也应该是你的两倍大小。有没有办法能让它们长大呢？"

"有，"驼鹿首领回道，"不过你需要承担

一定的风险。"

它把蚱蜢带进森林里,来到一片矮小的灌木丛。面前的灌木上挂满了一串串鲜红的浆果。

"只要吃了这些,"驼鹿首领说,"你的鹿角和蹄子就会比我们大上许多。不过还是别吃太多为好。"

浆果十分美味,蚱蜢觉得自己怎么都吃不够,每次一找到新的果子,他便贪婪地吞下去。不久,他的蹄子便长得又大又重,让他几乎跟不上鹿群。他的角也长得非常巨大,有时甚至让他觉得碍事。

有一天天气很冷,鹿群走进树林里寻找避风的地方。很快,一些在后方徘徊的鹿便冲上前来,发出警告的喷鼻声:猎人正在追杀它们。

"快跑!"驼鹿的首领朝蚱蜢喊道,"跟着我们到草原上去,在那儿印第安人抓不住我们。"蚱蜢想要跟上鹿群,但他的大蹄子太笨重了,只能慢吞吞地跑。他疯狂地冲进了一片灌木林。那对巨大的鹿角又被那些矮小的枝杈缠住,将他困在原地。几支箭嗖嗖飞过来,与他擦身而过。接着一支箭穿过了他的心脏，将他射倒在地。

猎人们大叫着围了上来。"泰奥！"他们一见这只巨大的驼鹿便喊道，"看来是它在草原上留下了那么大的脚印，泰奥！"

猎人们正在给他剥皮时，曼阿博若也来了。此时蚱蜢的灵魂又从死驼鹿的嘴里逃了出去，像风中的一缕白烟似的迅速飘到开阔的平原上。曼阿博若看着这阵烟逐渐散去，变成人形的蚱蜢，于是又满腔怒火地追了上去。

蚱蜢跑着跑着，脑中又浮现出一个新主意。在他头顶的蓝天上，鸟儿正盘旋翱翔。他说："又高又远的天上，那儿才是我该去的地方。我只要长出一双翅膀，就能嘲笑曼阿博若了。"

他的前方有一片湖泊，走近了能看见一群黑雁正在水草中觅食。"哈，"蚱蜢欣赏着它们自在地到处游弋，"它们很快就要飞去北方了，我也想和它们一起飞走。"

他向雁群搭话，称它们为"皮什纳库"，也就是"他的兄弟"。它们同意接纳他，让他成为雁群的一员。于是他平躺着浮在水面上，直到身上长出羽毛。最后他变成了一只黑雁。他有着宽大的黑色鸟嘴，尾巴就像船舵一样能让他在空中控制方向。

他还像过去一样贪吃。大家都吃饱了，他还停不下嘴。于是他很快长成了有史以来最大的黑雁。他的鸟嘴看起来像船桨一样，当他展开羽翼时，那一对翅膀就像两张"奥普科娃"小地毯那么大。雁群都惊奇地看着他。"你应该领着我们飞。"它们说。

"不，"蚱蜢答道，"我宁愿飞在后面。"

"随你。"雁群对他说，"但你要小心，无论发生什么，你的头颈都要直直地伸在前头。飞行的时候别往下看，否则会出事的。"

黑雁起飞的姿态非常优美。它们拍动翅膀，伸长颈脖，在湖上"呼呼"地乘风而起，直冲出去。从南边吹来的微风伴着它们飞翔，它们越飞越快，最后快得像离弦之箭一般。

一天雁群路过一个村庄，传来人们惊叫的声音。原来是印第安人惊讶于雁群末尾那只大黑雁的体格。他们叫得太过大声，引起了蚱蜢的好奇，其中有个声音尤其熟悉，最终蚱蜢忍不住将脑袋转向地面。他刚扭过头，强风就捉住了他的尾巴，将他吹得天旋地转。他想重新找回平衡，但风就像翻卷着落叶一般吹得他打转。他离地面越来越近，印第安人的惊叫声也在他耳边越来越大。最后他砰的一声跌在地上，没了气息。

这只突然从天而降的大黑雁可真是一顿十足的美餐。饥饿的印第安人猛地扑了上去，开始拔他的羽毛。这正是原来蚱蜢生活过的村子。他怎么也想不到有朝一日会回来给这里的人提供这样一顿大餐，自己还成了席上的大菜。

但蚱蜢的灵魂又溜了出来，变作人形逃离。曼阿博若又发出怒吼，追在后头。

蚱蜢又到了沙漠地带，这里没什么树，也没什么动物生活的迹象。曼阿博若正在逼近，他必须想一些新的招数了。他最后来到一棵长在石头上的高大的松树前，爬了上去，把绿色的松针全部扯了下来，撒得满地都是，树枝几乎被他扯得光秃秃的。接着他又逃之夭夭。

曼阿博若赶到时，松树对他说道：

"看看蚱蜢都做了些什么。我没有了枝叶，肯定命不久矣。伟大的马尼托，我祈求你还给我一身绿衣。"

曼阿博若喜爱并守护一切树木。他同情这棵松树的遭遇，于是拾起散落在地的松针，让它们重回枝头。接着他继续飞快地赶路。他追上了蚱蜢，伸手去捉他，蚱蜢却敏捷地往边上一躲，单脚跳起了他的旋风舞，一圈一圈地转着，转得周围的空气里满是叶子和灰尘。在旋风之中，他变身成了一条蛇，钻进了一棵空心树的树干中。曼阿博若戴着魔法手套，一拳就把那棵树打得粉碎。千钧一发之际，蚱蜢顺着树根逃出生天。

蚱蜢又变回人形继续逃命。他最后也只能躲了。但躲在哪里呢？在慌张逃窜中，他又一次来到吉奇古米湖的岸边。他眼前耸立着画石山那陡峭的悬崖，悬崖上的山洞里住着一位马尼托。如果他能爬上去，这位马尼托可能会让他进门躲一躲。果不其然，当他爬上悬崖呼救的时候，马尼托便开门让他进了屋。

大门刚刚砰一声关上，曼阿博若就来了。他戴着魔法手套拍了一下那块石门，石门上便碎石乱飞。

"开门！"曼阿博若用一种可怕的声音喊道。

但山里的马尼托勇敢好客。

"我已经让你住下了。"马尼托对蚱蜢说，"我就算死也不会把你交出去的。"

曼阿博若等了一会儿，没有任何回应。

"随你的便吧。"他最后说，"如果晚上之前你不开门的话，我就召来雷电为我办事。"

几个小时过去了，黑夜降临。吉奇古米湖上聚起了一团黑云，红眼闪电韦沃斯伊莫降下带着火光的霹雳。噼啪——轰隆——噼啪！雷霆安尼米基从天上发出怒吼声。一阵狂风卷起，森林中的树木吱呀摇曳，狐狸缩在洞穴里瑟瑟发抖。

闪电韦沃斯伊莫从黑云中跃起，直冲向悬崖。岩石震颤着，石门也颤抖着崩裂。山中的马尼托从幽暗的山洞中出来，祈求曼阿博若高抬贵手。曼阿博若同意了，那位马尼托便逃进了山里。

蚱蜢也现身了，下一秒他便被雷霆安尼米基震下的一块巨石压住。这次他是以人形被杀的，不能再施展他那厉害的招数了。

但曼阿博若心怀仁慈，他知道蚱蜢不是一个穷凶极恶之徒。

"你的灵魂，"他说，"不能再附在地上的任何东西上。作为人，你过着游手好闲的愚蠢生活，这里也不需要你了。所以，我允许你住在天上。"

说完，他拿起蚱蜢的灵魂，将它放在战鹰的身体里，吩咐他做群鸟的首领。

但人们并没有忘记爱捣蛋的蚱蜢。深冬时节，雪细得像粉末一样，雾蒙蒙地弥漫在空中。这让猎人无法布设陷阱，渔夫也没法凿冰捕鱼。忽然一阵风捉住了这轻飘飘的雪粒，吹着它不停旋转。这个时候印第安人就会笑着说：

"看！蚱蜢又来了，看他跳得多好啊。"

# 巫师米什奥沙

从前，在绿色大森林的深处住着一个猎人。他的小屋离他部落的聚居区很远，他的妻子早就去世了，他独自带着两个儿子住在这儿。孩子们虽然没有母亲，但依然茁壮成长。

父亲出门狩猎时，男孩们只有森林里的鸟兽做伴，他们很快和一些小动物们成了形影不离的朋友。松鼠阿德吉道莫在林间蹦来蹦去，它会把坚果壳重重扔在小屋的屋顶上，这是它敲门问候早安的方式。它也很健谈，尽管没什么可说的——那些很难静下来的人都是如此。但它聪明又快乐，总是欢快地闲扯一些鸡毛蒜皮的事，你听不听都没什么关系。

他们的另一位朋友是小白兔瓦博赛。有一年冬天，森林里食物短缺，猞猁奥尼奥塔正要扑向小白兔，两兄弟的父亲便一箭射来，从此猞猁再也不敢惦记小白兔了。

小白兔瓦博赛非常感激，有时会以一种腼腆的方式表达它的谢意。

两兄弟和父亲一般靠吃一些大型猎物为生，像熊肉或者鹿肉。这些肉可以切成条，晒成肉干。当猎物稀少，或者干旱季节枝干叶枯一踩就响、猎人难以隐藏行踪捕猎时，这些肉干能够让他们吃很长一段时间。于是男孩们也习惯了父亲出门打猎时他们要独自生活几个星期。

后来，饥荒来了。灌木上长不出浆果，草茎变得枯萎，橡树上结不出几颗橡子，有些小溪也枯竭了。而这时恰好猎人父亲去远方打猎了。

好几个月过去，哥哥西格文看见家里的肉没剩多少了，便告诉弟弟约斯科达：

"我们把剩下的肉带在身上，出发去森林里，往北走。我记得爸爸说过，往那边走好几个朔望月的时间,就能看到那个叫吉奇古米的大湖,那片湖水里到处都是鱼。"

"但我们能找到路吗?"约斯科达怀疑地问。

"别怕!"他们头顶传来一个声音。

那是松鼠阿德吉道莫,它还是一如既往地活蹦乱跳,只是因为没有多少坚果吃,显得有些消瘦。

"我会和你们一起去,"它继续道,"小白兔瓦博赛也和我们一起。它可以跳在前头,替我们找路;我可以在树上跳来跳去侦察周围的动静。有我们在,肯定能一切顺利。"

事实证明这是个好主意。小白兔领头,当路上青草茂盛的时候,它可以用鼻子闻出应该走哪一条路,从没有出过差错。在路途平坦的时候,它也会跑到前头,然后停下脚步,蹲坐在路边等着两兄弟。它的两只长耳朵高高竖起,再细小的危险也能侦察到。

但一路上也没什么惊扰他们的危险。猞猁和狼早在饥荒前就逃走了,寂静的森林里没有什么残暴的野兽。他们走啊走啊,森林却似乎没有尽头。有一天，松鼠爬上高大的松树，攀上最高枝，从这里它能看见整片森林。太阳散发着耀眼的光芒。它眯起眼睛看向北方，与天相接的地方似乎有什么东西像白银一般闪闪发光——那就是吉奇古米湖。

他们到的这个地方有充足的坚果、茂盛的绿植，能让小白兔吃得膘肥体壮。接下来的路兄弟俩自己也能轻松找到，于是小白兔和松鼠便在此与他们道了别。很快两兄弟来到了森林边缘，他们听见一阵尖锐的叫声，原来是鸻鸟特威特威什克维从沙滩上飞过。下一秒，闪烁着银光的广阔水面就出现在两人眼前。

西格文用锋利的猎刀砍下一段白蜡树的树枝，做成了一把弓；又把橡树枝削成了箭，顶端绑上打火石。他找了些海鸥翅膀上落下的羽毛做箭尾，又从衣服上割下一条鹿皮做弦。接着，他把弓箭交给约斯科达练习，自己去捡了些野蔷薇的种荚充饥。

他的弟弟射得不准，将一支箭射进了湖里。西格文走进水里想把它拾回来，走到湖水齐腰时，他便伸手去抓那支箭。这时忽然有一条独木舟像鸟儿般飞快掠过，如同被人施了魔法一样。独木舟上有一位丑陋的老人，他伸出手来，一把将惊诧的男孩拉上了船。

"如果你一定要带我走，那也带上我弟弟吧！"西格文央求道，"要是把他一个人留在这里，他会饿死的。"

但巫师米什奥沙只是大笑。接着，他拍了拍独木舟的一侧，念了句咒语"切蒙波尔"，船便如同活物一般飞驰在湖面上，河滩很快就消失在两人的视野中。船迅速停靠在一片沙滩上，米什奥沙从船里跳出来，示意西格文跟上。

他们到了一座岛上，眼前是一片雪松林。林子里面有两座棚屋，稍小的那间棚屋里走出两个可爱的年轻女孩，站在那儿看着他们。

西格文以前从没有见过女孩子，这些少女看起来就像天上的仙女一样。他好奇地望着她们，好像觉得她们会凭空消失一样。这些女孩看着他却没有一丝笑容，黑色的眼睛里只有同情和悲伤。

"这是我的两个女儿!"老人对西格文说。他咯咯地笑着,露出又长又黄的牙齿,接着转向姑娘们。

"看见我安全回来,你们不高兴吗?"他问,"有这么俊俏的小伙子来这儿陪你们,你们不高兴吗?"她们礼貌地低着头,一声不吭。

"你们上一次迎接客人还是很久以前吧。"他继续说着,大声对着那个稍大些的姑娘耳语道,"他肯定能给你当个好丈夫。"

少女低声嘟囔了些什么,米什奥沙邪恶地瞥了她一眼。

"咱们走着瞧,走着瞧!"他自言自语着,搓着两只瘦长的手,笑得像只喜鹊。

西格文心里感到非常困惑,不知道这一切是怎么回事,他决定时刻保持警惕。幸运的是米什奥沙有时十分粗心,他走进前面自己的小屋里,把其他人都留在一起。这时两个女孩中的姐姐走近西格文,连忙对他说道:"我们不是他的女儿,我们和你一样是被带到这个岛上的。他讨厌人类,每过一个朔望月他就会抓来一个年轻人，装作是带来做我的丈夫。但很快他又会把人带上船离开，之后这个小伙子就再也没回来过。我们认为他肯定杀了他们。"

"我该怎么做？"西格文问道，"我倒不怎么担心自己，但我担心我弟弟。他一个人被留在野外的沙滩上，可能会饿死。"

"啊！"少女说，"你真是个无私的好人。无论发生什么事，我们肯定会帮你的。大猫头鹰科科霍整夜都在大雪松的秃枝上看守。等米什奥沙睡着了，你就用他的毯子把自己从头到脚包起来，悄悄来到我们房门口，低声叫我的名字'尼奈莫沙'，我就会出来告诉你怎么做。"

"尼奈莫沙，"年轻人低声念了一遍，"多美的名字啊！"不等他表达谢意，两位姑娘已经走了。

米什奥沙来到他面前，示意西格文跟着他走。老人似乎心情很好，一直讲着故事打发时间。但西格文没有被他伪装出来的亲切所迷惑。等到这位巫师沉沉入睡后，他便起身，将米什奥沙的毯子裹在身上，小心翼翼地走到另一间小屋的门口。

"尼奈莫沙！"他低声呼唤，心也怦怦直跳，因为尼奈莫沙在印第安语里的意思是"我的甜心"。

"西格文！"她回应道。男孩的名字则是"春天"的意思，这个名字从她的嘴里念出来仿佛天籁。

她拉开小屋的门帘，走了出来。

"给，"她说，"这里的食物够你弟弟吃上几天了。你去坐上米什奥沙的小船，念出那句咒语，它就会带你去你想去的地方。在破晓前你就能回来。"

"那猫头鹰怎么办？"西格文问，"它不会叫吗？"

"你驼着背走，学米什奥沙走路的样子。"她解释道，"当猫头鹰科科科霍看见你时，它会发出'咕咕'的叫声。你必须回它'咕咕，呜！米什奥沙'。这样它就会放你过去。"

西格文照她教的做了，很快穿过了湖泊。

停靠在那片沙滩上之后，他开始学松鼠的叫声。听见是西格文的暗号，弟弟便跑过来抱住他。西格文为弟弟搭建了一个容身之处，告诉他自己还会再来的。之后他便搭乘独木舟，又回到那巫师的小屋里，迅速睡去。

米什奥沙很信任他的猫头鹰，并没有起疑心。他怎么会知道小情侣们在一起会想出怎样的主意？

"你睡得很不错，孩子。"他说，"现在我们要踏上一段愉快的旅程了。我们要去一座岛上，有成千上万的海鸥会在那里的沙滩上下蛋，我们能搬多少就搬多少回来。"

想到尼奈莫沙说过的话，西格文瑟瑟发抖。但尼奈莫沙亲了亲自己的手，然后挥手和西格文道别，这让西格文放心不少。

独木舟迅速地驶远了。西格文确认自己能很快从刀鞘中抽出猎刀。他的眼睛紧盯着米什奥沙，一刻也没有离开过。

他们抵达岛上时，海鸥们乌泱泱地腾起，在他们头顶上一边飞一边叫。

"你去捡鸟蛋，"巫师说道，"我来看着独木舟。"

西格文急忙上了岸，很高兴终于不必再和这老家伙做伴。谁知巫师向海鸥们喊道：

"嗨，我长着羽毛的朋友！你们同意称我为主人，我承诺过要献给你们人类祭品。祭品就在这儿了，快飞下来吧，漂亮的小家伙们！飞下来，把他吞了吧！"

他拍拍独木舟的一侧扬长而去，把这个年轻人留给鸟儿处置。

海鸥们厉声叫唤着，一齐涌向西格文。西格文从没听过这么大的动静，上万只翅膀在空中拍打着，像要掀起一阵风暴。它们像一片云盘旋着冲向他。但西格文并没有退缩，他发出一声怒吼："索索坎！"接着抓住第一只向他袭来的海鸥，用左手掐着它的脖子举过头顶，右手抽出他的猎刀，刀锋在太阳照射下闪闪发亮。

"住手！"他叫道，"住手，你们这群笨鸟！当心神灵的报应！"

海鸥们停下了攻击，但依然伸着尖嘴在他

身边转着圈。

"海鸥们啊，听我说！"他继续道，"神赐予你们生命是为了让你们侍奉人类。杀了我，你们就杀了所有鸟兽的主宰。我告诉你们，当心报应！"

"但米什奥沙无所不能。"海鸥们叫道，"是他命令我们除掉你。"

"米什奥沙不是马尼托，"西格文回答道，"他只是一个邪恶的巫师，他想利用你们完成他的邪恶目的。让我乘上你们的翅膀回到他的岛上，他才是那个该被消灭的人。"

海鸥们被他说服，相信米什奥沙欺骗了它们。海鸥们聚集起来，让这个年轻人躺在它们背上，接着乘风而起，穿过湖面，赶在巫师回来之前，将他轻轻送到了小屋前。

尼奈莫沙看见真是西格文回来了，感到非常高兴。"我没有看错你，"她告诉西格文，"显然神灵在保佑着你。但米什奥沙肯定会再动手的，你自己要保持警惕啊。"

巫师这会儿才坐着他的魔法小船靠岸。当

看见西格文时，他试图挤出开心的笑，但他不习惯拥有善念，于是只露出一个石像鬼一般的笑容——除了郊狼之外，这应该是世上最难看的笑容了。

"很好，孩子。"他好不容易开了口，"你别误会我，我那样做只是为了测试你的胆量。尼奈莫沙肯定会爱上你。啊，我的孩子们，你们肯定能成为幸福的一对。"

尼奈莫沙转身离开以掩饰对他的嫌恶。西格文则装作相信这位恶毒的老人是真心的。

"不过，"巫师接着说道，"对你开了这样的玩笑，我还是得补偿补偿你。我看你身上没有任何饰品，跟我来，我带你去耀贝岛。很快你就会换上一身新装扮，变成一个英武的战士。"

他们抵达的岛屿确实是个美妙的地方，岛上满是各色贝壳，在阳光下如珠宝般闪耀。

"看啊！"米什奥沙走在沙滩上说道，"就在那边上不远的地方，你看那底下闪着光。"西格文走进水里。等水没过西格文的大腿，巫师便猛地跳上独木舟,将船远远地推离湖岸。

"来呀,鱼王!"他召唤道,"你一直尽心为我效忠,这是我给你的奖赏。"

然后他便划着小船迅速消失了。紧接着,一条巨大的鱼便大张着嘴巴从水中跃起,足有几尺高。可西格文只微微一笑,拔出长刀说道:

"怪物,你知不知道我的大名?我是西格文,意思是春天。春天只要呼一口气就可以温暖冻结的水流,染绿山林。而米什奥沙这个懦夫,害怕神灵的愤怒,想要让你代替他做他不敢做的事。只要让我流一滴血,这片湖水就会被染红,你的族群都会悲惨地灰飞烟灭。"

"米什奥沙骗了我,"鱼王说道,"他承诺给我一个温柔的少女,却带来一个眼神如战士一般的小伙子。我该怎么帮您,主人?"

"可怜虫!"西格文感叹道,"你该为他没有遵守那个可怕的诺言而欣慰。你原本应该死在我手上,但我给你一个将功补过的机会。你驮着我去米什奥沙的岛上,我就饶你一命。"

鱼王连忙让他骑在自己宽阔的脊背上,飞

快地往前游着，米什奥沙前脚刚靠岸，鱼王后脚就把西格文送到了岛上。那巫师正和尼奈莫沙解释着那个年轻人是怎么从船上掉进大鱼的嘴里，西格文却从湖里慢悠悠地迎面走来，像是刚结束日常的远足回来。即使这样，米什奥沙依然在为自己找借口。

"女儿啊，"他说，"我只是想试探你有多喜欢他。"

但始终他都在心里对自己说，下一次决不会再失手。而这个下一次就在第二天。

"我的猫头鹰老了，活不久了。"他解释道，"我要抓一只雏鹰来，驯养它，你能帮我吗？"

西格文同意了，又和他乘着那艘魔法独木舟来到湖边的一块岩石角上。在一棵高耸的松树枝杈上有一个鹰巢，巢里的雏鹰还不会飞。

"快！"米什奥沙说道，"在老鹰回来前赶紧爬上去。"

西格文差不多要够到鹰巢了，巫师忽然对着松树念起咒语，命令它长高。松树马上开始生长起来。它长得那样高，不停地在风中摇曳，西格文觉得他要用毕生的勇气才能从树上爬下去。同时，巫师又发出一声特别的叫喊，雄鹰和雌鹰立刻从云间俯冲下来保护它们的幼崽。

"哈哈！"米什奥沙笑道，"这次是万无一失了，你要么摔断脖子，要么被老鹰抓瞎眼睛。"

接着他又拍了拍独木舟，消失在雾中。

这对老鹰围着西格文盘旋。西格文则坐在树枝上，对它们恭敬地说道：

"兄弟们，看看我发间的鹰羽！它证明了我多么敬仰你们的勇敢和技艺。但你们看见我也该像见到主人一样，因为我是人类，而你们只是鸟儿。听话吧，载着我飞去米什奥沙的岛上。"

他的夸赞取悦了老鹰，它们也尊敬这位年轻人的冷静与勇气。雄鹰让西格文爬到背上，背着他乘风而去，将他安全地送到了那座施了魔法的岛上。

米什奥沙这会儿知道鸟兽都伤害不了这个

英俊的小伙子，似乎有一个强大的马尼托在保护着他。要除掉他只能用其他方式。

"只要再经历一个考验，"他对西格文说，"你就能娶尼奈莫沙为妻。但你必须先证明自己狩猎的技艺。来吧！"

他们在森林里造了一间小屋，米什奥沙用魔法召来了一场暴风雪。北方来的狂风冰凉刺骨，就像一支支寒冰箭矢。晚上，西格文在入睡前将自己的鹿皮鞋和裹腿脱下，放在火边烤干。在黎明时分，米什奥沙先一步起身，分别拿走了一只鞋和裹腿，将它们扔进火里。之后他便搓着手，像只郊狼似的笑起来。

"怎么了？"西格文问着，坐起身来。

"唉，孩子！"米什奥沙说，"我发现得太晚了，在这个月亮主宰的季节，火会吸引一切事物，它把你的一只鞋和一只裹腿吸了进去，烧得一干二净。哟，哟！我早该提醒你的。"

即使真相显而易见，西格文依然没有说话。米什奥沙是想要他冻死。但西格文默默向守护他的马尼托祈求帮助。他从火堆里拿出一根烧焦的木条，把一条腿和一只脚涂黑了，同时低声念出一个咒语。接着，他把剩下的那条裹腿和那只鹿皮鞋穿上，就准备去打猎了。

他们顶着风雪走进一片荆棘丛，走过还未冻严实的沼泽时，西格文的腿陷进去了一半。但他的祈祷得到了回应，咒语也生效了，这个年轻人成功地走上了岸，连鞋子都没沾湿。他第一箭就射中了熊。

他直勾勾地看着巫师，说道："我看你冷得受不了了，咱们回你的岛上去吧。"

在西格文如炬的目光之下，米什奥沙低下了头，嘟囔地答应着。他知道，他终于碰上了对手。

"把熊扛在肩上！"西格文命令道。

巫师又乖乖听话。他们头一次一起回到岛上。两个女孩惊奇地看到，一向自视甚高的米什奥沙扛着熊磕磕绊绊地走来，只能嘟囔着发泄无奈的怒火。

当西格文告诉了尼奈莫沙事情的始末，她赞同道："他的力量已经不堪一击，可是不彻底除掉他，我们是无法睡得安稳的。该怎么做才好呢？"

他们一同商量起了办法。等他们讨论出结果后，尼奈莫沙开心地笑了。

"他应该得到更重的惩罚，"她说，"只要他还活着，这个世界就不算安全。但我们的计划会帮我们完成复仇，而且不用流一滴血。"

第二天西格文对巫师说道："是时候去救我的弟弟了，之前我们把他留在了沙滩上。跟我来。"

米什奥沙满脸不情愿，但还是准备跟他走。他们到了沙滩上，很快就发现了那个男孩，他欢快地爬上了小船。接着西格文对老人说："那些岸上的红柳能做成上好的混合烟草，你能不能爬上去给我们采一些下来？"

"当然了，孩子，当然。"米什奥沙答应着，快步走向红柳树，"我可不像你们想的那样虚弱无能。"

西格文趁机用手拍了拍独木舟，念出魔咒"切蒙波尔"，小船便载着两兄弟渐行渐远，留下爬在高处、口干舌燥的老巫师，恨恨地咬着他那一口黄牙。

两位姑娘跑来岸边接他们。尼奈莫沙为终于摆脱老人而感到欣喜；而她的小妹妹，眼里却只有这个长得像他大哥的迷人男孩。

"可米什奥沙可以把独木舟召唤回去，"尼奈莫沙说道，"在找到方法破解魔咒之前，必须有人把手放在船上，一直看守着。"

弟弟约斯科达自告奋勇地接下这个任务，于是他们便把他留下了。随着夜幕降临，约斯科达便坐在沙滩上，紧紧抓着独木舟。

小男孩在长久的等待中已经感到十分疲惫，这项工作对他来说有些枯燥。他开始数起了星星排解无聊。最初他数的是大北斗和小北斗，后来又数了那片看起来组成高背椅形状的星星，以及猎户座腰带上最亮的三颗星。他不知道它们叫什么名字，那些名字都是后人取的。但他认得出那片叫"欧吉格安农"的星星，也就是渔貂星座。这个人因为儿子觉得太冷了，于是将夏天从天上带到了人间。

约斯科达坐在潮乎乎的沙滩上,感到很冷。但印第安男孩从不抱怨。不过见到了渔貂星座,他又想起自己亲爱的父亲,想知道他现在身在何处。如果约斯科达不是印第安人,是一个白人男孩,那他屁股下的沙滩可能会被眼泪泡得更湿了。不过当时他只觉得眼前的天空好像起了一层雾。这是怎么了?他揉揉眼睛,忘了数到哪里,于是又开始重数一遍。

最糟糕的是印第安人只能用手指数数——除非你把脚趾也算上。可约斯科达的脚趾安逸地藏在鹿皮鞋里,无疑是看不见的。他数了多少根指头,又数了多少星星呢?

那阵不知是雾气还是什么的东西完全遮住了他的眼睛。水拍啊拍啊,泛起细小的波浪,像摇着摇篮般推着独木舟。咻!咻!风在雪松林中叹息,地上的一切都静静地打起盹来,天上的星星也眨着眼一闪一烁,像看倦了这个世界。

约斯科达也进入了梦乡。

"呜!呜!"猫头鹰科科科霍叫了起来。那叫声听起来刺耳又不祥。不过瞬息,黑夜的影子慢慢消退，一只松鼠叫了起来。东风瓦布恩从湖水边缘升起，射出银箭，天又亮了。

约斯科达半睡半醒地坐起身来，往湖上看去。他还在野外的海滩上等着他的哥哥吗？然后他想起了自己的职责，心中满是愧疚——那艘独木舟不见了！

但消失的船，再度出现了，它正直直地朝他划来，船上坐着米什奥沙。

"早上好啊，孩子！"独木舟"吱嘎"一声靠了岸，巫师招呼道，"再见到你爷爷，你不高兴吗？"

约斯科达捏紧了他的小拳头，他很勇敢，也很愤怒。

"你不是我的爷爷，"他说，"我见到你也不高兴。"

"埃萨！埃萨！（可耻！真可耻！）"老人咯咯笑道，"但西格文见了我肯定高兴，我亲爱的女儿们也是。希望他们没有为我担心。"

他非常高兴自己的智谋胜过了他们所有人，于是比之前还要鲁莽大意。但西格文选择等待时机，他又想了一个计划。

"爷爷，"西格文说，"看样子我们要继续在这里一起生活，那么我们得准备肉过冬了。跟我到大陆上去吧，我相信你肯定是个强大的猎人。"

米什奥沙的虚荣是他最大的弱点。

"哎呀！"他吹嘘似的回道，"我能背着一头死鹿跑上一整天，我真这么做过。"

"很好！"西格文说，"风又向北吹了，我们得全力前进。"

西格文不知从哪儿得知了这个巫师最大的秘密：那就是米什奥沙的全身上下只有左腿和左脚会受伤；箭穿不透他的心脏，战士用的棍棒敲在他头上，马上会裂成碎片，就像用稻草打他一样。而左腿和左脚……啊！原来他的裹腿绑得那么严实不是因为有风湿病。这也是为什么他坐下时总把左腿枕在屁股底下的真正原因。

他们像之前那样在森林里草草建了座房子。天气又变得寒冷刺骨，这次却是西格文召来的风暴。他忍不住笑起来。屋里的火燃烧着,长榻上躺着米什奥沙,他睡得正香。

西格文轻手轻脚地起了床,拿起巫师的鹿皮鞋和裹腿,丢进火里。

"快起来,爷爷!"他叫道,"又到火会吸引所有东西的季节了,恐怕你丢了一些你需要的东西。"

米什奥沙看到发生了什么,露出惊恐无比的表情。西格文差点同情起他来。但想起尼奈莫沙和他的弟弟,他狠下心来。"我们得走了。"他说。

他们顶着风雪出发。我的天,外面是多么冷啊!米什奥沙开始跑了起来,觉得这样或许可以帮他暖身。西格文跟在后面,他怕如果他走在前面,这老巫师可能在他身后放冷箭。跑了一个小时,老巫师上气不接下气,他的腿脚都逐渐冻麻冻僵了。

他们来到森林边缘的湖岸边。米什奥沙停下了脚步,他想再走一步,但脚却抬不起来。他的脚怎么变得如此沉重?他又试了一次,可奇怪的事发生了：他的脚趾陷进了沙子里，变成了树根的形状；他发间的羽毛和头发一起逐渐变成了树叶；他伸出的手臂长成了树枝，在风中摇曳；他的身上也长出了树皮。

西格文惊奇地看着，米什奥沙不再是一个人，而成了一棵树，一棵垂着果球的悬铃木，树干朝着湖泊的方向歪斜着。

最终，这个老巫师还是遇到了能降住他的人。他施在无辜年轻人西格文身上的邪恶咒语也不再奏效，这一点也证实了米什奥沙不会再度复活。西格文穿越湖泊，又回到了岛上。其他人正忧心忡忡地等着，他将好消息告诉了他们。

"米什奥沙已经被消灭了。"西格文说道，"他再也伤害不了我们了。我们离开这个充满痛苦回忆的地方，到大陆上建立新家园吧。"

于是西格文领着他的爱人、爱人的妹妹、他的弟弟，一同离开了小岛。他们又走进了大森林里，回到了他们最初启程的那个小屋，在那里一起幸福地过完了后半生。